あおなり道場始末

葉室 麟

Hamuro Rin

双葉社

あおなり道場始末

装丁　多田和博
装画　スカイエマ

一

九州、豊後《ぶんご》、坪内《つぼうち》藩四万八千石の城下町に神妙活殺《しんみょうかっさつ》流の道場があった。道場主は青鳴一兵衛《あおなりいちひょうえ》といったが、去年の五月に亡くなり、間もなく一周忌を迎える。

道場は長男の青鳴権平《ごんべえ》が継いだが、年がまだ二十歳《はたち》と若く、しかも眉が薄く糸のような細い目で鼻も低い下膨れの顔は青黒い。背も低く、日ごろ、ぼんやりとしておよそはきはきと口を利くということがない。いつも笑みを浮かべているだけで、いわゆる昼行燈《ひるあんどん》のような性格だった。

剣術道場主としては頼りないことおびただしい。竹刀を用いての稽古《けいこ》ではあっけないほどの弱さで弟子たちにぽんぽん、打たれてしまう。

それで、門人たちからも、陰で青瓢箪《あおびょうたん》とかうらなりなどと言われていたが、いつの間にか、ふたつを合わせて、

——あおなり

と呼ばれるようになった。これならば姓とも同じなので、誰もが憚《はばか》ることなく、

——あおなり先生

などと呼びかけ、ひそかにからかっていた。

このことに気づいて門弟たちを叱りつけたのは権平の妹の千草《ちぐさ》だった。権平には十七歳の妹千草と十二歳の勘六《かんろく》という弟がいる。

母親は早くに亡くなっており、権平はふたりにとって親代わりのようなところがあった。

千草は色白で鼻筋がとおった美貌だが、日ごろから男装を好み、長い髪を元結で結んで背中にたらし袴《はかま》を穿《は》いて、朱鞘の両刀を腰にたばさんでいる。

一兵衛が仕込んだためか千草の剣術の腕前は兄に勝るのではないか、などとも言われていた。しかし、兄思いの千草はそんなことを口にする門人を稽古の際、大いにひっぱたいては、

「兄上は神妙活殺流の奥義に達しておられる。わたくしなど足元にも及びません」

と言ってのけるのだった。一兵衛の死後、門人が減ったのは千草の荒稽古のせいもあった。

門人たちは千草を、

――鬼姫

と呼んでいた。一方、弟の勘六は幼いころから城下の儒学者、矢野観山《やのかんざん》の塾に通って四書五経を諳《そら》んじて神童の誉れが高かった。師の観山は勘六の秀才ぶりに舌を巻いて、

「あたかも菅原道真《すがわらのみちざね》公を思わせる」

と学問の神様として太宰府天満宮に祀られる菅原道真を引き合いに出して褒め称えた。だが、勘六は大人に対してもこましゃくれた口を利くため、菅原道真が天神様であることにちなんで揶揄《やゆ》して、

――天神小僧

と陰口されることもあった。といっても勘六が秀才であることは誰もが認めており、つまり、青鳴きょうだいは妹と弟の評判が高く、兄の権平については、

「愚兄である」

とされていたのだ。

ところで城下の剣術道場として、青鳴道場は一兵衛が腕も立ち、人柄も練れていることから、多くの門人を抱えていた。だが、一年前に一兵衛が亡くなってからは、一人減り、ふたり減りして、とうとう誰もいなくなった。

ひとつには、一兵衛が剣術道場主たちの会合に出て小料理屋で酒を飲み、帰りになぜか地元の素戔嗚《スサノオ》神社の石段で足を滑らせて頭を打って亡くなったからでもあった。

剣客《けんかく》たるものが、酔って足を滑らせて死ぬなどだらしが無さすぎるというわけだ。一兵衛は、まだ、四十六歳と壮年であり、死ぬような年齢ではなかった。

もっとも一兵衛の死については、当初から、一兵衛の道場の繁栄を嫉《ねた》んだ道場主の仕業ではないかという噂があった。

一兵衛と酒席をともにしたのは、
新当流《しんとう》　柿崎源五郎《あねざきげんごろう》
無念流《むねん》　尾藤一心《びとういっしん》

雲弘流《うんこうりゅう》　熊谷鉄太郎《くまがやてつたろう》
心影流《しんかげりゅう》　戸川源之亟《とがわげんのじょう》
柳生流《やぎゅうりゅう》　和田三右衛門《わださんうえもん》
の五人だった。

九州の小藩に過ぎない坪内藩の城下に剣術道場が青鳴道場も含めて六つもあったのは、かつて藩では藩主の前での御前試合を盛んに行い、身分は百姓、町人であろうとも剣術の達者な者を召し抱えて士分とするならわしがあったからだ。

現にいま藩の剣術指南役を務める羽賀弥十郎《はがやじゅうろう》は領内の庄屋の息子だったが城下の剣術道場で腕を磨き、御前試合で七人抜きをやってのけて藩主の目に留まり、士分に取り立てられ、剣術指南役にまでなったのだ。

弥十郎はかつて士分ではなかっただけに、藩士となるや却って倨傲《きょごう》に振る舞うところがあった。そのため弥十郎を嫌ったり、嫉む者も多かった。

弥十郎を剣術指南役の座から引きずり下ろすために城下の剣術道場主を取り立ててはどうか、という意見が出てきたのはそのためだ。

藩の重臣たちの中には気に入りの道場主を剣術指南役に推す動きもあった。そんな中、弥十郎に勝つだけの力量があると見られていたのが青鳴一兵衛だった。

一兵衛の突然の死は藩内に波紋を広げていたが、それだけに道場の跡継ぎである権平が凡庸で取り柄が無さそうなことが目立った。

一兵衛は暗殺されたのではないか、と疑う者たちにとって、一年近く、真相究明に乗り出す気配さえ見せない権平が苛立たしいようだった。

実際、権平は一年近くの間、法事のほかは何もせず、その間に門人は減り続け、ついには誰もいなくなった。

もはや道場の存続が危ぶまれる事態となった。


三月のある日、道場で権平と千草、勘六はこれからについて話し合った。

千草が口火を切る。

「兄上、いったいどうなさるおつもりですか。門人はひとりもおりませんから、給金が払えないので下僕の爺やや女中にも泣く泣く出ていってもらいました。これでは、とても父上の一周忌もできません。それどころかもう米櫃《こめびつ》が底をつきました」

権平は、うう、とうなる。

勘六が膝を乗り出して、

「姉上、わたしが測ったところ、もはや、米は八日しかもちません」

と告げた。これを聞いて千草は柳眉《りゅうび》を逆立てた。

「兄上、お聞きになりましたか。十日ではなくて八日後には、わたくしたちは飢え死にです」

「それは少し大げさではないか。米が無ければ芋でも食えばいい」

権平はその場逃れを言った。

勘六がゆっくりと頭《かぶり》を振った。

「芋などありません」

権平は顔をしかめたが、ふと思いついたように、

「ならば、大根はどうだ。あれを煮て味噌をつけて食ったらうまいぞ」

うんざり顔で勘六が答える。

「大根もありません。それに味噌などどこにありますか。兄上もここひと月は味噌汁など飲んだことはないはずです」

権平は少し考えてから、ああ、そうだな、近頃、朝餉《あさげ》に味噌汁がないのは味噌が無かったからなのか、とあらためて感心したように言った。

千草は目を閉じて気を鎮めてから静かに言った。

「兄上は呑気ゆえ、気づかれなかったかも知れませんが、もはや味噌だけでなく醤油も塩もありません。あるのは八日間分の米だけなのです」

「しかし、ほかのものをあらかた食ったのによく米がそれだけ残ったものだな」

権平は感心したように言った。千草は大きくため息をついた。

「違います。なんとか米を残そうとほかのもので食いつないできたのです。しかし、それも万

策尽きました」

「何も米にそこまでこだわらなくともよかったのではないか」

権平が目をそらして言うと千草の膝のうえで握りしめた拳《こぶし》が震えた。

さすがに千草が怒っているようだ、と気づいた権平は、慌てて勘六に顔を向けた。

「さて、どうしたらいいものかな」

いまさらのように訊かれて勘六はあきれた顔をしながら、

「結局はできることをするしかありません。借金をするか金を稼ぐかです」

「借金は嫌だ」

妙にはっきりと権平は言ってのけた。勘六はそれには相手にならず、

「では金を稼がねばなりません。兄上にできることは剣術だけですから、剣術でお金を稼がねばなりません」

と説明した。

「だが、門人はもう戻ってこんと思うな。千草の稽古が荒すぎたのではあるまいか」

他人事のように権平は言う。きっとなった千草を抑えるように、勘六は早口で言った。

「では、用心棒はどうでしょうか」

「用心棒だと?」

顔をしかめて権平は訊き返した。

勘六は大きくうなずく。

「そうです。ご城下から、たとえば豊前《ぶぜん》、小倉《こくら》に行くにしても途中、物騒なところはいっぱいあります。そんな旅のお供をしてお金をいただくというのはどうでしょうか」

「旅は面倒くさいな」

権平はぽつりと言った。勘六は息を大きく吸って、かっとなるのを我慢してから、

「ご城下の商家でも盗賊を防ぐために寝ずの番をしてくれるひとを求めていると聞きました。兄上の腕ならそんな店から引く手あまたでしょう」

「寝ずの番か。寝られないのは苦手だな」

この期におよんで権平は太平楽を並べる。さすがに今度は勘六もかっとなりそうになった。するとと千草が勘六の肩を押さえた。そして、

「兄上、それならば、残っている仕事は、ひとつしかありません」

千草が淡々と言うと、権平は興味を持ったらしく身を乗り出した。

「ほう、それは何だ」

「道場破りです」

「なんだと」

権平は目を丸くした。

「用心棒が駄目とあれば、もはやそれしかありません。何も道場に乗り込んで看板を奪わずと

もよいのです。そこそこ試合をすれば道場主はあいさつがわりに銀子《ぎんす》を包んでくれます」

「そんなものなのか。千草はよくそんなことを知っているな」

権平が感心したように言うと、千草は、

「道場主の娘ですから」

とにべもなく応えた。暗に兄上はそんなことも知らないのですか、という皮肉をこめていた。

勘六が首をかしげて口を挿んだ。

「姉上はそう言われますが、城下の剣術道場はわが青鳴道場のほかには五軒しかありません。そこをひとつずつ、破っていったとしてもすぐに終わってしまいます」

千草はゆっくりと頭を振った。

「いいえ、もし、道場破りがうまくいけば散っていった門人たちも戻ってきます。兄上の力を見せてやるのです。そうすれば青鳴道場は再興できるのです」

勘六はなおも訝《いぶか》しそうに、

「そううまくいくのでしょうか」

と言って疑わしげに権平を見た。とてもこの兄が城下の五つの剣術道場を破ることができるとは思えなかった。

だが、権平は平気な顔で言った。

「なるほど、千草の言うことはもっともだ。青鳴道場を再興するための道場破りならやってもよいかもしれん」

勘六は権平と千草の顔を見まわした。

「兄上も姉上も道場破りをして勝てると本当にお思いなのですか」

勘六が真剣な顔で言うと、権平は重々しく言った。

「いや、何人かの門人は倒せるにしても、道場主には負けるであろうな。わたしは弱いゆえなあ」

権平は愉快そうに笑った。それでは駄目ではないか、と思いつつ勘六は千草の顔を見た。千草は権平に向かって、

「ですが、兄上、あの奥義さえ使えば、どなたにも後れをとることは無いのではありませんか」

「あれは駄目だ」

権平は言下に言った。千草は納得できない面持ちで問いを重ねた。

「なぜ、駄目なのですか」

「千草も知っているだろう。あの技は必死に使うものなのだ。それゆえ、使ったときには、怪我人や死人が出る」

ふたりの話を聞いて勘六は興奮した。

「兄上はそんな凄い技を会得されているのですか」

権平はふんと鼻で笑った。それでも、しばらくしてから、口を開いた。

「あの技は使えぬが、道場破りをする大義名分を思いついたぞ」

千草は顔を輝かせた。勘六が身を乗り出した。権平はゆっくりと言った。

「父の仇を捜すために道場破りをいたすのだ」

権平は目を細めて言った。その表情から何を考えているのかを察知するのは実の妹と弟でも難しかった。

二

「父上は殺されたと兄上はお考えなのですか」

千草は驚いて権平に問いかけた。

「去年、父上が亡くなられたおり、わたしは番所に呼ばれて遺体をあらためた。その時、気づいたのだ。父上の後ろ頭にはたしかに石段で打ったらしい傷があった。だが、その傷の下におそらく木刀で打ったと思える傷が隠れていた」

権平は眉をひそめて言った。勘六がささやくような声で訊いた。

「では、父上は何者かに襲われたのですか」

「そうだ。父上はおそらく何者かと戦って敗れたのだ。刀も抜いたはずだが、父上が亡くなった後、父上を倒した者が鞘に納めたのだろう」

千草は青ざめた。

「信じられませぬ。父上を殺《あや》めることができるほど腕の立つ者がこの城下にいるのでしょうか」

「それがいるのだ。わたしは父上の傷跡のことをずっと考えてきた。あれは父上の頭上から振り下ろされた木刀によってできた傷だ」

「まさか、上から後ろ頭を打つなどどうすればできるのです。立ち合って頭上を跳び越えながら打つしかないではありませんか。そんなことができるのは、天狗だけです」

信じられないという顔をして千草は言った。

権平は深々とうなずく。

「そうだ。俗に言う〈天狗飛び斬り〉の技だな。普通はできる技ではないとわたしも思っていた。だが、あの石段でならばできるのだ」

千草は息を吞んだ。

「石段から跳ぶのですね」

「そうだ。酒が入った父上を石段に呼び出しておいて、身を潜ませていたところからいきなり出てくると下の段にいた父上を跳び越しながら打つのだ。おそらく父上はこの技に敗れたのだ」

勘六が感心したように、

「そんな技があるのですね」

とつぶやいた。

「驚くことはない。わが神妙活殺流にも〈竜尾返《りゅうび》し〉という技があるし、新当流では〈天狗斬り〉と呼び、無念流では〈逆流れ〉、雲弘流では〈月の輪〉というのではなかったかな。他の流派では何というか忘れたが、ともかく相手を跳び越えての逆打ちの技はどこの流派にもあるのだ」

「そんなにあるのですか」

勘六は腕を組んで考え込んだ。

「ああ、もともとは戦場で敵が腰を落として股間を狙ったときに備える技なのだ。相手を跳び越えて後ろ頭に斬りつける。しかし、いまどきの道場の試合でそこまで低く構える者はいないから、〈天狗飛び斬り〉の技も廃《すた》れた」

千草が思いつめたような顔で権平を見つめた。

「それでは道場をまわって、飛び斬りの技を使う者を見つけ出せば、父上の仇がわかるのですね」

権平は、うう、とうなっただけで答えない。勘六がじれて、

「どうなのですか兄上、お答えください」

とうながした。

観念したのか、権平は荘重な声で答えた。

「わからぬ」


翌日——

権平は千草と勘六に急《せ》き立てられて、新当流、柿崎源五郎の道場へと向かった。

道々、権平は小さな声で、

「今日でなくとも、明日でよいのではないか」

と何度も言った。その度に、勘六が、

「米はもう、後七日分になりました。食い尽くしたら道場破りをする元気もなくなり、三人そろって飢え死にですよ」

と脅すように言った。千草も真剣な表情で、

「各流派の飛び斬りの技を見定めれば、仇がわかるかもしれぬ、と兄上は言われたではありませんか。わたくしは何としても突き止めて父上の仇を討ちたいと思います」

「まあ、それはわたしも同じだが——」

権平は相変わらず、煮えきらない様子で言葉を濁した。

やがて城の堀端に近い柿崎源五郎の道場に着いた。柿崎は城下の道場主ではもっとも古株で

年齢もすでに六十歳を越えている。

「それだけに人柄も温厚だそうです。わたしたちが道場破りに行っても事情を察して金を出してくれるのではないでしょうか」

勘六が言うと、権平は、どうかなあ、そんなに甘くはないと思うぞ、と口の中でぶつぶつ言った。

柿崎道場の玄関に立った勘六は大声で訪《おとな》いを告げた。

権平はのっそりと立っているだけである。

やがて奥から出てきた道場の内弟子は、不愛想な顔をした若い武士と、男装の女人《にょにん》、ひどくこましゃくれた態度の子供の三人組を見て怪訝な顔をした。

勘六が、青鳴道場の者だが、柿崎先生に稽古をつけてもらいたくて来た、と告げると内弟子はうんざりした顔をした。

「柿崎先生は他流派のひとに稽古はおつけにならない。それでも立ち合いを望まれるのであれば道場破りということになりますぞ」

勘六はにこりとした。

「はい、その道場破りです」

内弟子はぎょっとして、三人をあらためて見た。だが、決して強そうではない。青黒い下膨れの顔をした若い男などは自分でも軽くあしらえそうに思える。

「わかり申した。先生に伝えて参ります」

内弟子は立ち上がって奥へ行きかけたが、ふと、振り向いて、

「お逃げになるなよ」

と薄笑いを浮かべた。

千草はむっとした顔になり、勘六は内弟子の背中に向かってあかんべえをしたが、権平は何も聞こえなかったかのように呆然としている。

間もなく戻ってきた内弟子は三人を道場へ案内した。道場では十数人の弟子たちが木刀で打ち合い、稽古をしていた。

権平たちが道場に入ると弟子たちは稽古をやめて板壁沿いに居並んだ。師範席に黒い稽古着姿で座っていた白髪交じりの柿崎源五郎が声をかけてきた。

「青鳴権平殿、ひさしぶりでござる。父上の葬儀以来ですな」

でっぷりと太って、裕福な商家の主人のように見える。権平は道場の真ん中に進み出て床に手をつかえ、御無沙汰いたしております、と尋常の挨拶をした。

柿崎はにこやかに言葉を継いだ。

「今日は、道場破りに来られたそうな。つまりは合力《ごうりき》が欲しいということでござろう。それほど暮らしに窮しておられるとは存じませんでしたな。亡き青鳴先生との厚誼《こうぎ》を思えば、まことに申し訳ないことじゃ。裏口から合力を求めてこられたならば、すぐにでも銀子をお渡しいた

したが、正面から道場破りに来られてはやむを得ぬ。いささか痛い目を見てもらいますぞ」

言葉つきは穏やかだが、権平への嘲《あざけ》りが口調に滲んでいる。権平の後ろに控えた千草が小さく、

「暴言、許せません」

と囁《ささや》いた。だが、権平はひとの嘲罵《ちょうば》に慣れているので、

「こんなものだよ」

とつぶやいた。その様を見ながら柿崎は弟子たちに、

「さて、皆、あおなり先生に稽古をつけていただくがよい」

と明らかに権平をからかう言い方をした。


権平は眉ひとつ動かさず、道場の端にひかえて試合の支度をした。だが、最初に道場の中央に歩みでたのは、白鉢巻をして、袴の股立ちをとり、木刀を携えた千草だった。

師範席の柿崎は顔をしかめた。

「あおなり先生、妹御に立ち合いをさせるのか」

権平は、うう、とうなると黙って頭を下げた。柿崎は不快そうな顔になると、

「前田弥三郎《まえだやざぶろう》――」

と声をかけた。

前田と呼ばれた弟子は静かに立って出てきた。六尺を超える長身で手足が長く馬面だった。前田はちらりと権平を振り向いて、

「女人と立ち合いをいたしてよろしゅうございますか。怪我をさせると嫁にいけぬようになるかもしれませんぞ」

と小馬鹿にしたように言った。

権平はむっつりとして、うう、とうなった。

千草は眉ひとつ動かさず木刀を構える。

前田は嘲りの色を浮かべて、無造作に千草の前に立った。

——始め

柿崎が声をかけた瞬間、千草は隼《はやぶさ》のように跳んだ。長身の前田ののどに突きを入れていた。前田は、ぐっとのどをつまらせた音を上げるとそのまま仰向けに倒れた。

一瞬で勝負がついていた。

千草は倒れた前田をつめたく見下ろして、

「次の方——」

とひややかに言った。

おのれ、と声を上げて、弟子たちが次々に千草に打ちかかった。だが、千草はひらり、ひらりと身をかわしつつ、たちまち五人をいずれも一撃で倒した。

道場の床は倒れた男たちで足の踏み場もない有り様になった。権平がさりげなく、

「負けたひとを片付けていただきたい」

と言った。

柿崎は苛立たしげに、倒れた者たちを運ぶように命じると、高弟らしい男に、

「古井伝兵衛《ふるいでんべえ》、出ろ」

と命じた。二十七、八歳の色黒で引き締まった体つきをした男だ。古井が歩み出る足さばきを見つめた権平は、

「千草、代わるぞ」

と言った。千草は素直に下がって板壁沿いに座った。

権平が歩み出ていく。

千草の傍らの勘六は声を低くして訊いた。

「兄上は大丈夫でしょうか」

「あれぐらいの相手に負ける兄上ではありません。でも——」

千草は言葉を濁した。勘六は気になって問いを重ねた。

「どうしたのです。やはり兄上は弱いのですか」

千草は困ったように答えた。

「弱くはありませんが、気分しだいで何をするかわかりません。気がのらなければ平気で負け

るひとですから」

それは、困ります、と勘六は顔をしかめた。

古井は木刀を構えると、
やあっ
と気合を発した。これに対し、権平も声をあげたが、ぼそぼそとして聞き取り難く、まるで念仏でも唱えているかのようだ。

古井はさらに気合とともに踏み込んで打ちかかってきた。権平は、ぼそりと何事かをつぶやいたような声をあげ、陽炎《かげろう》のようにゆらりとかわす。

それから、何度、古井が打ちこんでも同じことだった。

権平はゆらゆらとかわすばかりで、自らは打ち込もうとしない。打ちこんでいる古井にしだいに疲労の色が見え始めた。

たまりかねた古井は奇声をあげると、叩きつけるように突いてきた。だが、これもかわされ、勢い余って道場の羽目板に突き当たって、転倒した。

頭を強く打ったらしく起き上がれない。

それを見て柿崎が立ち上がった。ゆっくりと道場に下りてくる。

「あおなり先生、恐れいりました。わが道場の門弟どもではとても歯が立たぬようでござるから、それがしがお相手をいたす」

柿崎は板壁の木刀架けから木刀を選んだ。

素振りをしつつ、道場中央に出てくる。太っているのに素振りする際の足運びは年とは思えない軽やかさだった。

権平はじっと柿崎の動きを見つめている。

柿崎は権平と向かい合うと、

——いざ
と鋭い声を発した。

権平は木刀を構えたまま、するすると後ろに下がった。それから、奇妙な構えをとった。木刀を前に突きだしたまま、うずくまったのである。

まるで地虫か何かのようだった。

その構えを見た勘六は思わず、

「あの構えは何なのです」

と千草に訊いた。

「兄上は柿崎殿が〈天狗斬り〉の技を出すように誘っているのです」

千草が言うのを聞いて、勘六はため息をついた。

「あまりにも、あからさまに過ぎませんか。あれではこちらの狙いがばれてしまいます」

勘六が頭を振ったとき、柿崎が構えていた木刀を下げた。

「参った。勝負はこれまでといたす」

柿崎は余裕を持って言った。

三

権平たちは、奥の座敷に招かれた。

待つほどに茶と菓子が出た。しばらくして柿崎が羽織袴姿に着替えて出てきた。女中が柿崎のための茶を持ってくる。

「今日はよい稽古をさせていただいた」

柿崎はつぶやくように言って懐から銀子が入っているらしい紙包みを出して権平の膝前《しつぜん》に置いた。権平が手に取る間もなく、勘六が、

——ありがたく頂戴いたします
と声をかけて脇からとった。その瞬間、紙包みの重さを手で測り、千草に向かって、

「姉上、おそらくひと月、生き延びましたぞ」

と小声で言った。

千草は素知らぬ顔をしたが、口辺には嬉しげな微笑が浮かんだ。

柿崎は、こほん、と咳払いしてから、

「青鳴殿の最後の構えは何という技でござろうか」

と訊いた。

「あたかも、蝦蟇《がま》が虫を狙う姿に似ておりますれば、〈蝦蟇の構え〉と申します」

権平は平然と答えた。

柿崎は茶をひと口、飲んでから、くくっと笑った。

「嘘じゃな。神妙活殺流にさような技があるとは聞いたこともない。あれはわしに〈天狗斬り〉の技を使わせるための誘いじゃな」

権平はむっつりと黙って答えない。千草がかたわらから、

「それを承知されながら、〈天狗斬り〉を使われなかったのですか」

柿崎は、はっはっと口を開けて笑った。

「わしはかように太ってしまったのでな。〈天狗斬り〉は使おうと思っても使えはせんでな。それにわしに〈天狗斬り〉を使わせようという青鳴殿の腹の内が透けて見えたゆえ、参ったと言って立ち合いをやめたのだ」

勘六が膝を乗り出した。

「柿崎様は兄の狙いをどうご覧になったのでしょうか」

柿崎は生意気な小僧め、という目で勘六を見たが、権平に顔を向けて口を開いた。

「青鳴一兵衛殿が去年、亡くなられたとき、剣術道場の主は皆、〈天狗飛び斬り〉の技が使わ

れたのではないかと思ったはずだ」

「まことですか」

口の重い権平が思わずすぐに訊き返した。柿崎は重々しくうなずいてから、真剣な表情で答える。

「しかし、誰もがそのことを口にしなかったのは、ひとつには、剣客である青鳴殿があえなく殺されたとあっては名誉に関わると思ったからだ。そして、もうひとつは青鳴殿ほどの剣客を斬ることができる者はざらにおらん。暗殺であったとなれば、真っ先に疑われるのは自分だと思ったからに違いなかろう」

勘六は首をかしげた。

「柿崎様もそうだったのですか」

「わしはかように太ってしまったゆえ、〈天狗斬り〉の技は使えぬ。疑われるとは思わなかったが、それでも妙に勘ぐられても嫌だったのでな」

柿崎は笑った。しかし、千草がひややかな口調で言った。

「わたくしは父の葬儀のおりにお越しいただいた柿崎様を覚えております。あのころはいまほど太ってはおられませんでした。あのころなら〈天狗斬り〉も見事に使われたのではないでしょうか」

「なんだと」

柿崎はじろりと千草を睨んだ。権平がようやく口を開いた。

「弟と妹が失礼なことを申し上げて申し訳ございません」

もぞもぞと権平がしゃべると柿崎は苦い顔をした。

「どうやら、父親の仇を討とうと、お主たちが思い立ったようだ、と察して親切にしてやったのだが、無礼な言い方にもほどがあるぞ」

権平はゆったりと柿崎を見据えて言った。

「もし、父が暗殺されたのだとしたら、なぜ殺されねばならなかったのか、柿崎様はご存じでございましょうか」

柿崎は権平をしばらく睨み据えたうえで、不意に笑って答えた。

「知らぬな」


権平たちは柿崎道場を辞した。

去り際に柿崎は、言い添えた。

「道場破りは危うい金稼ぎだぞ。敗けた相手は必ず恨みを持つ。道場破りをして、意気揚々と引き揚げようとした者が途中で大勢に襲われて無惨に殺されたなどという例はいくらでもある。お主たちもこれ以上はやめたほうがよいぞ」

帰り道で権平はつぶやいた。

「柿崎殿の言われることはもっともかもしれんなあ」

前を歩いていた勘六は振り向いて、

「何がですか」

と訊いた。権平は真面目な顔で答える。

「決まっているだろう。道場破りなどをして食っていこうとすれば、いのちがいくらあっても足りないのだ」

「しかし、飢え死にしてしまえば終わりです。飢えは防げませんが、道場破りはなんとかなるかもしれないではありませんか」

勘六は子供に言い聞かせるようにして話した。しかしな、と権平が言いかけるのを千草が遮《さえぎ》った。

「兄上、そんなことよりも、わたくしは柿崎殿が、父上は殺されたと思っていたと話したことが気になります。誰もが父上が殺されたことを知っていて、わたくしたちには、わざと告げずにいたのです」

「そういうことになるな」

権平はため息をついた。

「ですが、今日、柿崎殿にわたくしたちが父の死の真相を探っていることを知られたからには、もはや仇討をしなければ青鳴道場の面目は立ちません」

千草がきっぱり言うと、権平は心細そうに言った。

「そういうことになるのか」

勘六が千草にうなずいてみせた。

「姉上の言われる通りです。わたしたちはこれから、道場破りをして金を稼ぎ、そして父上の仇を討つしか生きる道はありません」

そうと決まったわけではあるまい、と権平が言ったが、千草と勘六は聞く耳を持たぬ様子でどんどん先を歩いていく。

ふたりの足が止まったのは田畑の間を通る道に入り、途中、道沿いに大きな一本松があるのが見えるあたりに出たときだった。

一本松の根元に数人の武士がたむろしている。近づくに従って武士たちが柿崎道場の門弟であることがわかってきた。

前田弥三郎と古井伝兵衛がいる。ほかの武士たちも千草が叩き伏せた柿崎道場の弟子たちだった。

それに気づいた権平は立ち止まって、

「いかん。引き返すぞ」

と前のふたりに呼びかけた。だが、千草は、

「兄上、敵に後ろは見せられません」

と言って頭を振った。権平は苦い顔をした。

「後ろなどいくら見せてもかまわぬではないか」

「いえ、退いては青鳴道場の名折れとなります」

千草はきっぱりと言った。勘六は伸び上って一本松の方角を透かし見た。

「姉上、五、六人はおりますぞ。ここは、君子危うきに近寄らず、三十六計、逃げるにしかずです」

権平は大きく頭を縦に振った。

「そうだ。君子だ、君子。千草、引き返すぞ」

だが、千草はすでに歩き出していた。

「わたくしは君子ではありません」

言い残して一本松に向かう千草を権平は追いすがって止めようとした。しかし、その時には一本松にいた武士たちが権平たちに気づいて走り寄ってくる。

「いかん、逃げるぞ」

権平は千草の腕をつかんで走ろうとした。ところが後方からも三、四人の武士が駆け寄ってくるのが見えた。

「兄上、囲まれました」

勘六が悲しげに言った。

「うむ、そのようだな」

権平は緊張した面持ちで言った。千草が刀の鯉口《こいぐち》に指をかけて、権平と背中合わせになりながら、

「兄上、わたくしが前方の敵にあたります。兄上は後方の敵に向かわれてください」

と囁いた。

権平は頭を振った。

「いや、やるならば、わたしひとりでやる。千草は手を出すな」

千草は目を輝かせた。

「ではあの技を使われますか」

「やむを得ないだろう。わたしが五つ、数える間、時を稼げ」

権平に言われて千草が、わかりましたと応えたとき、古井伝兵衛たちが目の前に迫った。背後から駆け寄った武士たちも権平たちを取り巻く。

「先ほどはよくも恥をかかせてくれたな。礼をするぞ」

古井が言うと、前田もわめいた。

「先ほどは女と思って油断したのだ。男の恐さをたっぷりと教えてやるぞ」

古井たちに目もくれず、権平は、

――ひとつ

と数え始めた。古井は訝しげに権平を見た。

「あ奴、何をしているのだ」

古井が睨むと、千草は前に出た。

「数えているのです」

権平は大きく息を吐いた。

――ふたつ
古井は笑った。

「われらの人数を数えてどうしようというのだ」

「人数ではありません」

千草は笑った。

「人数でなければ何だというのだ」

古井はすらりと刀を抜いた。

――みっつ
千草は刀の鯉口に指をかけた。勘六は千草の後ろに隠れた。

――よっつ
千草はまわりの武士たちを見まわした。

「兄が数えているのは、あなた方を斬る呼吸です」

千草は微笑んだ。

「馬鹿な。やれっ」

古井が怒鳴り、前田たちも刀を抜いた。そのとき、権平は、

――いつつ
数え終わると同時に刀を引き抜き目の前で御幣《ごへい》のように立てた。糸のように細い目をかっと見開いている。

「神妙活殺――」

ひと声叫ぶなり権平は風のように動いた。

古井と前田に駆け寄り、下からすくい上げるように斬りつける。

「こやつ――」

前田は刀を叩きつけて防ごうとしたが、凄まじい力で振るわれた刀によって弾き返された。

「ああっ」

悲鳴があがった。前田が太ももを斬られて横転し、返す刀で古井は肩先を袈裟懸けに切りつけられた。

古井は跳び退《すさ》って避けようとしたが、権平の刀の尖端がするすると追いすがり、避けきれなかった。

権平の動きは止まらず、迫る三人の武士たちの間を駆け抜けた。刀を抜き連ねた武士たちは

権平に斬りかかるが、動きが速すぎて刀が届かない。

気が付いた時には武士たちが相次いで倒れていた。さらに後方で驚いて目を剝いていた武士たちの間をすり抜ける。

武士たちは悲鳴とともに、一合も打ち合うことなく、倒れた。

その時、権平の体もぐらりと横倒しに倒れた。千草が駆け寄って抱き起こすと、気を失っている権平の頰を叩いた。

権平ははっと我に返った。千草の顔を見て、

「どうであった」

と訊いた。千草はうなずいて答える。

「お見事でした」

勘六がふたりにすり寄って訊いた。

「いまの技が奥義なのですか」

千草がうなずいて答える。

「そうです。わが流派の奥義、〈神妙活殺〉です。数を数えて無我の境地に入り、何も考えないまま刀を振るいます。勝負の行方は神にまかせる、無我の剣です」

勘六は感じ入ったように言った。

「それは凄い。兄上はまさに天下無双の達人ではありませんか」

「うまく使えればな」

権平はぽつりと言った。

勘六は訝しそうに権平を見た。

「どういうことでしょうか」

「無我の境地に入るのは難しい。いつもうまくいくとは限らないということだ」

「まさか、しくじったりすることがあるのですか」

勘六は心配そうに訊いた。権平は笑ってうなずく。

「三回に一回というところだな」

「失敗するのが、ですか」

勘六は眉をひそめた。

「いや、うまくいくのがだ」

権平の言葉に勘六は絶句した。


ひと月後――

権平たちは柿崎道場での道場破りがうまくいった評判が伝わって入門者が現われるのではないかと思って待った。しかし、いっこうに現われなかった。

三人はまた道場に集まって相談した。

「なぜ、入門者が現われないのかなあ」

権平は首をかしげた。勘六はため息をついて言った。

「どうやら、柿崎道場の宣伝がうまかったようです。青鳴道場の主人が食い詰めて道場破りに来たので、お情けで金をやって返したと言ってまわっているのです」

「だが、稽古試合では勝ったぞ」

権平は顔をしかめた。

「勝ったのは姉上です。兄上は試合相手から逃げ回り、道場主の柿崎が出てくると腰が抜けてへたり込んだので、かわいそうに思って、参ったと声をかけてやったと言っているようです」

「では、帰り道で襲われたことはどうなるのだ」

権平は憤然として言った。

「あんな喧嘩沙汰を表だって言うものはいません。皆、口をぬぐって知らぬ顔をして怪我の手当ても病気と偽ってこっそりやっているのです」

「なるほど、そんなものか。骨折り損のくたびれ儲けか」

権平が感心したように笑うと千草が口を開いた。

「兄上、また同じことになりました。もはや、残りの米は七日分しかありません」

勘六が訂正する。

「五日分です。道場破りで金が入ったので気が大きくなった兄上がたらふく食べてしまいましたから」

千草はつめたく権平を見据えた。

「ご飯をいっぱい召しあがったことを咎《とが》めはいたしません。ですが、これ以上、猶予はならぬのはおわかりのはずです」

「また、道場破りに行くのか」

そうです、と千草と勘六は声をそろえて言った。

権平は、ううむ、とうなった。

四

翌日の早暁《そうぎょう》――

まだ薄暗い青鳴道場で権平と千草が竹刀を持って向かい合っていた。勘六が隅に座って見守っている。

格子窓から薄い日が差し始めていた。

――ひとつ
権平が目を閉じて数え始めた。

――ふたつ

千草はじりじりしながらも堪えて権平が数え終わるのを待とうとしていた。

――みっつ
権平の間のびした声が響いた。その瞬間、千草は踏み込んで、

「面――」

と甲高い声をあげながら権平の頭を打ちすえていた。

「痛いぞ」

頭をさすりながら不服そうに権平が言うのと同時に、勘六が飛び上がるようにして言った。

「姉上、それでは困ります。せっかく〈神妙活殺〉の失敗をあらかじめやっているのですから。ここで失敗しておけば、実際に使うときには、必ず成功します。そのためには、最後までしていただかないと」

千草は頬をふくらませた。

「兄上がのんびりしすぎているからです。朝から稽古相手をしているのですから、もっと真剣にやってもらわないと」

「失礼な奴だ。わたしは真剣にやっておる。ただ、無念無想、無我の境地に入るには手間がかかるのだ。その間、待つぐらいは辛抱しろ」

権平は平然として言った。千草はあきれたように言い返した。

「わたくしは待ってもいいですが、敵は待ってはくれません。そんな敵に勝つための稽古では

ありませんか」

「しかしなあ、千草――」

権平がしみじみとした口調で言った。

「なんですか、兄上――」

「どうも〈神妙活殺〉という技は実戦にはむいていないようだ。ひょっとすると座禅のようにおのれの精神を鍛えるための技なのではないか」

のんきな口ぶりで言う権平に千草はため息をついた。

「ですが、兄上は〈神妙活殺〉のほかに、必ず相手に勝てるという技をお持ちですか」

「それはない」

このときだけ、権平はきっぱりと答えた。千草がじろりと権平を睨んで何か言おうとすると、勘六が割って入った。

「だからこそ、わたしが秘策を考えたのではありませんか」

権平は顔をしかめた。

「秘策とは、三回に一回しかうまくいかない技なら、あらかじめ何度も失敗しておけば、実戦では必ず成功するに違いないという、あれか」

「さようです」

勘六は胸をはった。権平は首をかしげて口を開いた。

「なんとなく、理屈があっているような気はするが、しかし、やはり違うのではないかと思うぞ」

「なぜでございます。三回に一回、成功するのであれば、あらかじめ失敗しておけばよいだけのことです」

勘六は平気な顔で言うとうなずいてみせた。権平はなおも言おうとしたが、ふとお腹に手を当てた。

「腹がへった。朝餉にするか」

「さようですね」

千草は重々しく答えたが、さっきから腹の虫が鳴っているようだ。権平が数え終わるのを待ち切れずに打ちかかったのも空腹でいらだったからかもしれない。


三人は母屋の台所で朝餉をとった。

権平は味噌汁をひと口飲んで、

「ふむ、うまい――」

と年寄りめいた言い方をした。そして、

「千草は最近、料理の腕が上がったようだ」

と笑みを浮かべた。だが、勘六がひややかに言った。

「兄上、きょうの朝ごはんはわたしが用意しました」

「おっ、そうだったか」

権平がわずかにうろたえた。勘六は平然と言いつのる。

「お忘れですか。先日、姉上がつくった味噌汁は塩辛すぎてとても飲めませんでした。あれでは味噌がもったいないし、体にも悪いからと姉上にはしばらく料理当番をお休みいただいております」

「ああ、そうだった」

権平は千草の目を見ないようにして飯をかきこんだ。千草はつんとすまして、箸《はし》を動かしている。

勘六はなおも話し続ける。

「もともと父上が亡くなられ、給金が払えなくなってから、料理当番は三人が交代でやってきたではありませんか。しかし、姉上は料理が下手だし、兄上は寝坊して朝餉の用意を何度も忘れました。おかげでわたしが作ることが多いのです。そのあたりのことは、おわかりになっておられますか」

「わかっておる」

権平は兄らしい威厳を見せて言った。その言葉を聞いて勘六は箸を膳に置くと両手を膝に置いて、権平に顔を向けた。

「兄上、ならば、本日はさっそく道場破りをしていただきますぞ」

ううう、と権平はうなりながら、味噌汁を飲んだ。千草も箸を置いて口を開いた。

「今日はどこの道場に参るつもりなのですか」

「無念流、尾藤一心様の道場です」

勘六が道場の名を口にするや、権平はあわてて手を振った。

「いかん。尾藤先生と言えば城下の剣術道場主の中でも長老ではないか。かねてから人格者であるとの評判も高い。わたしたちの父上も尾藤先生とは親しくされていたはずだ。そんなところに道場破りにいくわけにはいかん」

勘六は笑った。

「兄上、大義親を滅すという言葉をご存じないのですか。長老ということは、すなわち、お年寄りだということです。尾藤先生は近頃、病《やまい》勝ちで道場は孫娘の由梨《ゆり》様に任されているそうです」

「なんと、尾藤先生は病か。それはいかん、お見舞いにいかねば」

「お見舞いではなく道場破りにいくのです」

勘六はぴしゃりと言ってのけた。さらに、話を続ける。

「尾藤先生の孫娘なら、よもや兄上が敗れることはありますまい」

「さて、それはわからんぞ。しかし女の師範代とは珍しいな」

権平は興味を持ったらしく体を乗り出した。

千草も目を光らせる。

勘六は仔細ありげに声をひそめる。

「ただし、無念流は刀だけでなく、薙刀《なぎなた》も教えているので、由梨様が道場で立ち合われる際は薙刀を使われるそうです」

「薙刀か、難物だな」

権平はつぶやいた。

薙刀は長柄《ながえ》の武器だけに振るうたびに速さを増す。間合いも遠く、刀で戦おうと思えば懐に飛び込まねばならない。だが、その瞬間に上下左右のどこからでも斬りつけることができる薙刀の餌食になりやすい。

権平がためらっているのを見て、勘六は中年男のような笑いを浮かべた。

「なんの、多少、薙刀が使えるといっても、しょせんは女子《おなご》の技でございます。兄上が力任せに体当たりをすれば何ということも――」

言いかけた勘六の頭をぽかりと音をさせて千草がなぐった。

「痛っ」

勘六が頭に手をやって顔をしかめると、千草は厳しい口調で言った。

「女子をあなどってはならぬ。尾藤家の由梨様と言えば、お茶、生け花から書道、裁縫にいたるまで女人としての素養が深く、しかも坪内城下の巴御前《ともえごぜん》と言われるほど薙刀の上手と聞こえています」

「ほう、そうなのか」

権平が興味ありげにつぶやくと、千草はつまらなそうに付け足した。

「しかも、たいそう美しい方だそうです」

そうなのか、どうでもよいことだが、と言いつつ、権平は勘六に顔を向けた。勘六はうかがうように権平を見た。

「尾藤道場への道場破り、いかがされますか」

権平は厳《おごそ》かに答える。

「まいろうか」


昼過ぎになって権平と千草、勘六は連れ立って尾藤道場に向かった。

尾藤道場は重臣の屋敷が並ぶあたりにあった。

門人も大身の子弟が多いと聞いていた。

勘六が玄関に立って訪いを告げると、内弟子らしい若い男が出てきた。額のあたりに青いあざがあるのは稽古でできたものらしい。

勘六が、背筋をのばして、

「青鳴道場の青鳴権平でございます。尾藤先生に一手お教えいただきたく参りました」

と告げると、若い男は目を丸くした。そして小声で勘六に向かって、

「道場破りでござるか」

と訊ねた。勘六がそっとうなずくと、若い男は、

「さても、物好きな」

とつぶやいた。そして、もう一度、声をひそめて言った。

「今日は、尾藤先生はご都合が悪いゆえ、孫娘の由梨様がお相手をなさることになるが、それでもよろしいか」

勘六はもう一度うなずいてから、

「望むところです」

と付け加えた。

若い男の顔に見る見る笑みが広がった。

「それは、重畳、由梨様もお喜びになられましょう」

嬉し気に言った若い男は奥に許しを得にいこうともせず、すぐに三人を道場に案内した。

道場に入った権平たちは、目を瞠《みは》った。

道場の床には何人もの男たちが竹刀を手に倒れており、中には気絶している者もいるようだった。

真ん中には髷《まげ》に白鉢巻きをしただけで、袴もつけず普段通りの着物姿の女人が稽古用の木の薙刀を手にして立っている。

権平たちを案内した若い男は女人に急ぎ足で寄って、耳打ちした。

「なに、道場破りですか」

嬉しそうに言ったところをみると、この女人が尾藤一心の孫娘の由梨らしい。権平は由梨に目を遣ったまま、かたわらの千草に言った。

「わたしをだましたな」

千草はそっけなく応える。

「だましてなどおりません。お美しい方ではありませんか」

たしかに由梨は、目元がすずしく、目鼻立ちがととのっている。年は十八、九ぐらいではないか。顔立ちだけを見れば娘盛りのはなやかさがある。

しかし――

由梨の背丈は六尺を超すだろう。いかり肩で、裾こそ乱していないものの、両足を踏ん張って道場の中央に立った姿は、

――仁王
を思わせた。しかも、権平たちが道場破りだと知った由梨は楽し気に爛々《らんらん》と光る目を向けてくる。あたかも猛禽《もうきん》が獲物を見つけた時のような目だ。

「勘六帰るぞ」

権平は小声で言った。だが、勘六は大きく頭を振った。

「無理です」

道場に倒れていた門人たちが立ち上がると、いそいそと出入り口を閉め、さらに格子窓の戸も閉めた。いままで由梨に荒稽古をつけられていた門人たちは、絶好の生贄《いけにえ》が来たと喜び、逃げられぬように出入り口を閉め、道場の中でどのような凄惨なことが行われているかひとに知られないように窓をふさいだのだ。

薄暗い道場に立つ権平は、

「やはり来るのではなかった」

と心細げにつぶやいた。

五

由梨は悠然と権平たちに近づいて、

「青鳴道場の三きょうだいの方々ですね。お噂はかねがね祖父より聞いております。よく見えられました。尾藤一心の孫にて由梨と申します。稽古をご所望ということですが、流派が違うからには、他流試合ということになります。よろしいですか」

と念を押すように言った。

権平が口を開く前に勘六が前に出た。

「いかにもさようです。もし、こちらが試合で勝ちましたなら、道場の看板を頂戴することになります」

勘六の言葉を聞いて由梨はにこりとした。

「ほう、それではまるで、道場破りではありませんか。これは聞き捨てできません。道場破りなら腕の一本や二本叩き折っても文句は出ないということですね」

勘六が胸をはって答える。

「ご同様でございます」

権平は勘六の襟首をつかんで後ろに引きずり下げた。そのうえで、

「それがしは稽古だけで十分でござる」

と言った。由梨はひややかに笑った。

「一度、口にした言葉は、もはやもとには戻りませんぞ。いまさら何を言われようと、わたくしは道場破りとして相手をさせていただく」

権平がなおも何か言おうとするより先に千草が、

「ご存分に」

ときっぱり言い切った。由梨はちらりと千草を見た。

「青鳴道場の鬼姫とはどうやら、あなたのことですね。たしかに美しくはあるが剣の腕前がどれほどのものか。まず、あなたから試合をいたしましょう」

止める間もなく由梨は背を向けて道場の中央に戻っていった。千草は、

——おう

と男のような返事をした。

由梨がちらりと白い歯を見せて笑った。千草が道場の中央に進み出ようとしたところへ、権平が声をかけた。勘六はそばで座っている。

「待て、あのひとは手強いぞ。そなたでは無理だ、わたしが出よう」

千草は振り向かずに、

「承知しております。あのひとの技を兄上に見ておいていただきたいのです。わたくしが負けてもうろたえられまするな」

と言った。

「わかった」

権平は無表情にうなずいた。

千草は木刀を持って前に出ると、蹲踞《そんきょ》の姿勢から立ち上がり、正眼に構えた。由梨は薙刀を脇構えにしたまま、じっと千草を見つめる。やがて、由梨の口から、

——勝負は一本

という言葉が発せられた。同時に千草は床を蹴って跳躍し、真向からの唐竹割りに打ちかかった。
――かっ
由梨の薙刀が千草の木刀を払った。千草はひらりと身を翻して、少し離れたところに降り立った。だが、そのときには由梨の薙刀が風を巻いて襲ってきた。
かっ
かっ
今度は千草の木刀が由梨の薙刀を払う。しかし、旋風のように振り回される薙刀は恐ろしいほどの速さで千草に迫った。
由梨は薙刀を頭上に構えたと見せた瞬間、柄で千草の足を払った。不意を突かれた千草が転んで倒れると、由梨は、
「覚悟――」
と叫びながら、薙刀を千草の腕めがけて振り下ろした。そのとき、再び、
――かっ
という音がして由梨の薙刀は下から跳ね上がってきた権平の木刀によって払いのけられた。
「おのれ、試合の邪魔をいたすのか」
由梨は権平を睨んだ。しかし、権平は落ち着き払って答える。

「倒れた者に打ちかかるようでは、もはや試合とは申せますまい。それとも真剣勝負をお望みですか」

由梨は薙刀の切っ先を権平に突きつけた。

「最初に腕の一本や二本折っても文句は言うなと念を押しましたぞ。それに武門の立ち合いはたとえ木刀でも真剣の心構えでなすべきもの。さように生ぬるいことを言っておるゆえ、あおなり先生などと馬鹿にされるのです」

「ほう、よくわたしの仇名をご存じですな」

権平は感心したように言った。

「怒りましたか」

由梨は微笑《ほほえ》んだ。

権平はゆっくりと頭を振った。

「いや、いっこうに。それがし、ひとに軽んじられるのには慣れております」

のんびりした声で権平が答えると、由梨は厳しい目で睨んだ。

「悠長なことを。そんなことで武士の面目が守れますか」

「それがし、面目のためには生きておりません」

権平はあっさり言うと道場の中央に出た。どうやら由梨と試合をするつもりらしい。

千草は起き上がって勘六の傍に戻って座った。

由梨もうさん臭げに権平を見ながら中央に戻った。正眼に構えた権平は由梨が構えるのを待って、

――勝負は一本

と言い放った。

由梨は鋭い目で権平を見据え、じりりと間合いを詰めた。権平は静かに後ろに下がる。さらに由梨が前に出ると、権平は床に円を描くようにして動いていく。

由梨はそれを許すまい、と巧みな足運びで権平が動こうとする先をふさいで追い詰めていく。

権平はいつの間にか道場の隅に追い込まれていた。薙刀を構えた由梨はつめたく権平を見据えた。

「さて、どうします。妹御同様に詫びますか」

由梨が嘲るように言うと、権平は、

「いいや」

と一言、答えるなり、無造作に由梨に打ってかかった。これを払った由梨ははっとした。払ったと思った瞬間、権平の木刀は目の前に迫っていた。

これを払うと、次の瞬間には、また目前に木刀が突き出される。

「おのれ――」

由梨は力を込めて木刀を払った。しかし、同じことだった。やはり執念深い蛇のように木刀

が由梨を追いかけて、顔の前に突き出てくる。

由梨は思い切って後ろに下がった。その瞬間、下段から大きく薙刀が旋回した。権平はこれを上から押さえつけた。

ぐいと権平が力を込めると薙刀は動かなくなった。権平の木刀が押さえ込んで動かさないのだ。

由梨は満面に朱を注いで木刀を跳ね上げようとしたがぴくりとも動かない。そのうち、権平は、

――ひとおつ
と数を数え始めた。

「まさかこんなところで――」

勘六は驚いて目をむいた。

――ふたつ
権平はすでに無我の境地に入ろうとしている。勘六はあわてて声をかけた。

「兄上、ここで使えば、しばらく使えなくなります。それはもったいない。安売りはいけません」

――みっつ
権平はなおも数える。勘六がさらに止めようとしたとき、後ろから千草が勘六の口を押さえ

た。

「兄上はもうすでに技に入っておられる。止めてはなりません」

勘六はもがいたが、どうすることもできない。由梨は薙刀を押さえられたまま、興味深げに権平を見つめている。

――よっつ
権平はゆっくりと目の前に木刀を御幣のように立てた。それを見た由梨が大きく頭上に薙刀を構えた。

――いつつ
数え終わった権平は糸のように細い目をかっと見開いた。

「神妙活殺――」

権平が叫ぶのと由梨の薙刀がうなりをあげて打ちかかるのが同時だった。

――がっ
大きな音がしたかと思うと、由梨の薙刀の柄が真っ二つになっていた。

あっと叫んだ由梨が大きく跳び下がったとき、権平も跳躍していた。由梨の足が床につこうとしたとき、権平の木刀が払った。由梨はたまらず、倒れて裾を乱した。

同時に権平はするすると下がって、千草と勘六のそばに座り、両手を膝に置いて、

「ご無礼、つかまつった」

と言って頭を下げた。
由梨は急いで裾を直して起き上がると、悔しげに、
「参りました」
と言った。由梨が負けを認めると道場の門弟たちから、
――おおう
と感嘆の声が漏れた。

試合の後、権平たちは奥座敷に通された。しばらく待つほどに由梨とともに白髪で鶴のように痩《や》せた尾藤一心が出てきた。

一心はやはり病に臥せっていたらしく着流しで顔色も悪かった。由梨に介添えされて座った一心は好々爺《こうこうや》めいた視線を権平に向けた。

「聞きましたぞ。この暴れ馬のような孫が青鳴殿に手もなくひねられたそうではございませんか」

一心はにこにこして言った。一心は城下の道場主たちの中で、権平たちの死んだ父ともっとも親交が深かった。権平は頭を下げて、

「滅相もございません。たまたま勝ちを得ただけで、由梨様はお強うございました」

と言った。かたわらに座った由梨は、

「強ければ負けはいたしません。いらぬ慰《なぐさ》めにございます」

ときっぱり言った。すると、後ろに座った千草も、

「兄上、さようでございます。勝った者の言葉は驕《おご》りに聞こえます。何も申されぬほうがよろしいのです」

女ふたりに言われて、権平はうう、とうなっただけで黙り込んだ。かわって勘六が膝を乗り出して口を開いた。

「さりながら、兄が必殺の技を出したのは、こちらの由梨様が手強い相手だったからです。なにしろ〈神妙活殺〉は三回に一回しか使えぬ技ですから、かようなところで使うのは——」

もったいない、と勘六が言いそうになるのを察して、権平は、

「勘六——」

と厳しい声で名を呼んだ。勘六は不服そうにしながらも口を閉ざした。

一心は微笑して、

「そうか、〈神妙活殺〉を使われたか。それならば、由梨が敗れるのも無理はござらんのう」

と言った。権平は目を瞠った。

「尾藤先生は〈神妙活殺〉をご存じでございますか」

「知っておる。青鳴一兵衛殿が若いころ工夫した技だ」

一心は昔を思い出す目になって言った。

「〈神妙活殺〉は流派の奥義だと思っておりました。父が工夫したものでしたか」

権平は驚いて言った。

「たしかに流派に〈神妙活殺〉という古い技はあったらしいが、古すぎて、どのような技なのか知るものはいなかった。それで、一兵衛殿が工夫したのだ。そのために修験の道を修行するなど大変な苦労があって、ようやく技として練り上げたのだ」

一心が言うと、勘六が首をかしげた。

「ですが、まだ、技としては完成していなかったのではありませんか。なにしろ兄がこの技を成功させるのは、三回に一回のことなのですから」

権平はうんざりした顔になった。

「勘六、しゃべり過ぎだ」

一心は訝し気に権平を見た。

「待て、三回に一回とはどういうことだ」

「まあ、〈神妙活殺〉はうまくいくのが、それぐらいの割合だということです」

権平は恥ずかし気に答えた。

「待て、わしは昔、一兵衛殿が〈神妙活殺〉を使うところを見たことがある。さような、できるかどうかわからぬというような技ではなかった。まさに必殺の秘剣であった」

一心は思い出しながら言った。そしてじっと権平を見つめた。

「そうか、権平殿は〈神妙活殺〉の形を習い覚えたが、いまだにその真髄を知らぬのだな。一兵衛殿はなぜ教えなかったのであろう」

権平は膝を乗り出した。

「尾藤先生、もし〈神妙活殺〉の真髄をご存じならばお教えください」

「いや、他流派のわしが知るわけがなかろう。一兵衛殿が、権平殿に真髄を教えなかったのは何かわけがあったのであろう」

一心は腕を組んで考え込んだ。そのときになって、千草が口を開いた。

「先日、柿崎源五郎様の道場で試合をいたしたおり、柿崎様がわたくしどもの父は闇討ちにあったのではないか、と言われました。本当なのでしょうか」

「さて、何とも言えぬな。だが、これだけは言うておこう。権平殿がこれからも道場破りを続けられるなら、一兵衛殿を殺めた者が出て参るやもしれぬ」

「まことですか」

権平が言うと、一心は目を鋭くした。

「〈神妙活殺〉が権平殿に伝わっているとしたら、敵を引き寄せるのではあるまいか」

そこまで言った一心は由梨を振り向いて、

「早く、権平殿に道場破りの看板料を差し上げぬか」

と言った。

由梨はうなずいて懐から紙包みを取り出した。膝行《しっこう》して権平のそばに行くと紙包みを差し出した。

受け取ろうとのばした権平の手が由梨の指にかすかにふれた。

権平は一瞬、どきりとして赤い顔になった。

六

「兄上にも困ったものです」

この日、帰宅して夕餉の膳についたとき、千草が突然、箸を置いて言い出した。干し魚の頭からかぶりついていた権平は突然、非難されて目を白黒させた。

「わたしが何をしたというのだ」

「尾藤道場で由梨様と手がふれて喜んでおられました」

千草は権平を睨んだ。

「別に喜んでなどおらん、ちょっと恥ずかしかっただけだ」

「まことでしょうか」

つんと澄まして千草は言った。

「まことだとも」

権平は否定したが、声音は弱々しかった。千草はなおも言葉を続けた。

「それに試合のおりに由梨様の足を払われ、裾を乱れさせました」

「ああ、そうだったかな」

具合悪そうに権平は飯をかきこんだ。

「そうだったかなではありません。女人の裾を乱れさせるなど君子のすることではありません」

「わたしもそう思う」

権平は重々しく言った。しかし、千草は容赦しない。

「そう思われるなら、なぜやめなかったのです」

「そなたが由梨殿に足を払われたからだ」

権平は小さい声で言った。

千草の目が輝いた。

「兄上は、わたくしが由梨殿にされたことの仕返しをなさったのですか」

「まあ、そういうことになるな」

面目なさそうに権平は言ったが、千草はなぜか嬉しそうに、

「それならまあ、しかたがありませんね」

と言った。すると、話が終わるのを待ちかねていた勘六が割り込んできた。

「兄上と姉上はきょうの尾藤先生のお話をなんとうかがったのですか」

権平は戸惑ったように、

「〈神妙活殺〉にわたしの知らない真髄があるとは思いがけなかったな」

と言った。勘六は頭を振った。

「そのことも、大事ですが、それよりも尾藤先生も父上が闇討ちにあったのではないかと柿崎源五郎様に続いて言われたことが大事ではありませんか」

「まあ、そうだな」

「やはり、父上は殺されたのです。そのわけが〈神妙活殺〉にあるとするなら、この技の真髄を突き止めることが敵を捜し出すことにもなるのではありませんか」

「なるほど、そういうことになるな」

感心したように権平はうなずいた。

「では、お聞きしますが、兄上はこの技をいつ伝授されたのですか」

勘六は権平の顔をうかがい見た。

「そうだな。あれはわたしが十二、三歳のころだった」

権平は淡々と答えた。

「元服前ではありませんか。そんなに早かったのですか」

「ああ、父上の話では無念無想になるには若いころのほうが邪念が少ないゆえ、覚えやすいということだった」

「それで、すぐに会得されたのですか」

勘六は疑わしそうに訊いた。

「うむ、とりあえず、千草を襲った野犬を退治することはできたな」

「野犬――」

勘六は絶句した。しかし、権平は得意そうに話した。

「千草が近くの林で野犬の群れに襲われたとき、駆け付けたわたしは、父上から教わったばかりの〈神妙活殺〉を使って野犬を追い払ったのだ」

権平が言うと千草も嬉しそうにうなずいた。

「あのときは、本当に野犬が恐ろしかったので、兄上が退けてくださったことがとてもうれしかった」

勘六は頭をかきながら、

「しかし、野犬など棒切れを振り回せば逃げたのではありませんか。何も秘剣を使う必要などなかったのではありませんか」

「まあ、そう言うな。覚えたてのものは誰でも使ってみたくなるものだ」

「そんなことをするから――」

三回に一回しか使えなくなるのだ、と言いかけたが、さすがに口をつぐんだ。

権平は、もう話はすんだのか、と言うと、いそいそと飯茶碗をとって夕餉の続きを始めた。

十日後——

権平たちの屋敷に由梨から、すぐに尾藤道場に来て欲しいという手紙を門弟が届けにきた。

何事であろう、と思って権平が千草と勘六を連れて駆け付けると、尾藤道場はひとの出入りも多く、ざわめいていた。

勘六が訪いを告げると奥から由梨が出てきた。

青ざめた顔をしており、腕を白い布で肩から吊っていた。

「いかがされました」

権平が挨拶もそこそこに訊くと、由梨は無念そうに答えた。

「昨夜、賊が押し入りました」

「なんと」

権平は驚いて言葉に詰まった。

由梨は、こちらへ、と権平たちを奥座敷へ案内した。小さな部屋に入った由梨は昨夜のことを話した。

夜中になって、由梨はふと胸騒ぎがして目を覚ました。すると、屋敷の中で大きな物音とひとの怒鳴り声がした。

（祖父上《おじうえ》様の部屋の方角だ）

由梨は長押《なげし》にかけてある薙刀を取って部屋を出た。

一心の部屋に駆け付けると、数人の黒装束、覆面をした男たちが出てきた。

「盗賊か。逃がさんぞ」

由梨は怒鳴って薙刀を振るい、男たちの足を薙いだ。しかし、男たちはふわりと宙に飛び上がって薙刀の刃を避けた。

だが、由梨の薙刀は斬りつけると同時の反転に冴えがある。風を巻いた薙刀が斜めに斬りつけると男たちはたまらず、うめき声をあげて倒れた。

男たちを斬った手ごたえを感じた由梨は一心の部屋に踏み込んだ。すると血の臭いがした。

「祖父上様――」

由梨は低い声で言った。

闇の中に誰かが潜んでいる気配がした。由梨が薙刀を手にゆっくり足を踏み入れると、一心の声らしいうめきが聞こえた。

「祖父上に何をしたのだ」

由梨は闇を睨みつつ言った。そのとき、

――ひとつ

と数える声が聞こえてきた。

一瞬、由梨は混乱した。十日前、権平と試合をしたばかりだ。

(まさか、そのようなことが――)

権平が忍び込んだのかと思ったが、落ち着いて聞いてみれば、まったく別人の低い声だ。

「何者だ」

由梨は闇に向かって言った。しかし応えはなく、ただ、

――ふたつ
とまたもや声がした。

闇に潜むのは誰なのかわからないが、数えさせては不利になると悟った由梨は踏み込んで薙刀を下段から跳ね上げた。

しかし、手応えがない。焦って薙刀を振り回すが空を斬るばかりだ。

――みっつ
容赦なく闇の中の男は数える。

――よっつ
由梨は焦ってあたりに目を配った。

誰もいない。

由梨は畳の上を足で探りながら動いた。

――いつつ
という声が聞こえた瞬間、由梨は隣室の襖《ふすま》を斜めに斬った。同時に隣室から黒い風が吹き付けた。

「神妙活殺――」

男の声が響いた。

肩先に熱い痛みを感じた瞬間、由梨は畳に転がった。そこには一心が倒れていた。おそらく斬られたのだろう。

濃い血の臭いがした。

「おのれ――」

立ち上がろうとした由梨を黒い風が蹴とばした。由梨は再び転がった。すると闇の中から笑い声がした。

由梨は気を失った。


「賊は何も盗《と》りはしませんでした。ただ、祖父上を斬っただけでした」

由梨は話し終えて唇を嚙んだ。

権平は腕組をした。

「それで、尾藤様のご容体はいかがなのですか」

由梨はため息をついて、頭を振った。

「わかりました。いずれにしても、賊が〈神妙活殺〉を使ったからには、わたしたちと何らかの関わりがあるのでしょう。賊を捕える助太刀をさせていただきたい」

権平が言ったとき、廊下をあわただしく走る足音がして、部屋の襖が開くと女中が、

「お嬢様、お出でくださいまし。大旦那様が――」

由梨は急いで部屋を出て廊下を小走りに進んだ。権平たちもついていく。由梨が入った部屋で一心は布団に横たわっていた。

由梨は枕もとに座って、

「祖父上様、青鳴道場の方達が来てくださいました」

と声をかけた。

顔色が蒼白になっていた一心がかすかに目を開けた。そして、声を震わせて、

「〈神妙活殺〉の真髄は――」

と言いかけた。権平も一心の枕元に寄り、耳元で、

「真髄をご存じなのですか。教えてくださいませ」

と囁き声で言った。

一心はかっと目を見開いて、何事か声にならない言葉を発した。

そして瞼《まぶた》を閉じた。

由梨が号泣した。

権平たちは尾藤家が葬儀の支度で慌ただしくなると、いったん辞去した。あらためて通夜と葬儀に三人で出るつもりだった。

日差しが明るかった。

こんな昼間にひとが亡くなるということが信じられない思いだった。

千草が悲しそうにつぶやいた。

「尾藤先生は何かをご存じだったのですね。それなのに何もおっしゃらずに亡くなってしまいました」

ううむ、と権平はうなった。すると、勘六が、考えながら言った。

「わたしは、尾藤先生が言った最後の言葉はわかる気がします。それが真髄なのかどうかはわかりませんが、それに通じる言葉を言われたのではないでしょうか」

「まさか、どうしてわかったのだ」

「口の動きを見ていたのです。すると言葉が浮かんできました」

勘六は声をひそめた。

言われてみれば、一心は何事か口にして息を引き取ったようだ。

「尾藤様は何と言われたのだ」

勘六は落ち着いて答えた。

——あおなり

七

尾藤一心が今わの際《きわ》に口にした言葉は、

——あおなり
だと勘六が言っても権平は相手にしなかった。

「尾藤先生が死ぬ間際にわたしの仇名を呼んでからかうなどありえないではないか」

しかし、道場に帰って居間に座ると千草が話を蒸し返した。

「尾藤先生は何も、兄上をからかったのではないと思います」

「当然、そうだろうな」

権平は重々しくうなずく。

「ですが、わたくしどもの姓をわざわざ言ったとも思えません」

ううむ、と権平はうなった。勘六が膝を乗り出した。

「では、姉上は尾藤先生が何を言おうとされたと思われるのですか」

「〈神妙活殺〉の真髄は——と仰せになりました。兄上の〈神妙活殺〉が三回に一度しか使えない、ということを尾藤先生は不思議に思われていたようです。それで真髄を伝えようとされたのだと思います」

　千草の言葉に権平は顔をしかめた。

「真髄と言っても、何のことであろうか」

「それが、あおなりと関わりがあるのです」

　千草は考えながら言った。

　勘六が大仰にうなずいた。

「なるほど、まことの〈神妙活殺〉を会得したければ、いつまでもあおなりでいてはならぬぞ、とか、あおなりでいるのもいいかげんにしろ、あるいは、あおなりの馬鹿者といったお叱りの言葉であったかも知れませんね」

　言い募る勘六の頭を権平がぽかりとなぐった。

「わたしは、あおなりかもしれぬが、馬鹿者ではない」

　権平がすまして言うと、千草はくすりと笑った。

「わたくしもさように思います」

　権平は機嫌をなおして千草に目を向けた。

「おお、千草はわかってくれるのだな」

「はい、兄上は馬鹿者ではありません」

あらためて千草に断言されると、却って虚しい気がするのか、権平は、ああ、と生返事をした。

千草はそれに構わず話を続ける。

「それどころか、実は神妙活殺流のかつてない麒麟児ではないかと思います」

勘六があきれたように、

「姉上、きょうだいの間柄でお世辞は無用かと存じます」

と言った。千草はちらりと勘六を見た。

「わたくしは世辞など言ってはおりません。ただ、昔、野犬に襲われて兄上の〈神妙活殺〉で助けられたときのことを思い出したのです」

権平が首をかしげた。

「尾藤先生が言われたことに関わりがあるというのか」

「はい、兄上が野犬を打った後、父上は倒れた野犬をご覧になってひどく驚かれました。なにしろ七、八頭いた野犬がすべて一撃で頭を割られていたからです」

思い出しながら千草は言った。

権平は腕組みをして、

「思えば、酷いことをしたものだな」

と悲しげに言った。勘六は頭を振って、

「今は犬のことにかまってはおられません。それよりも、肝心なのは、兄上が振るわれたのが、まことの〈神妙活殺〉だったかどうかということです」

と言い千草の顔をうかがい見た。

「わたくしは、あのおり、兄上が振るわれたのはまことの〈神妙活殺〉だったのではないかと思います」

「そんな、馬鹿な。まだ少年だった兄上が奥義に達していたとは、わたしにはとても思えません」

疑わしそうに言う勘六に千草は微笑んだ。

「だから、兄上はわが流派の麒麟児だと申したのです。父上が編み出された〈神妙活殺〉は、ひとりとひとりの勝負で使う秘技だったと思います。しかし、兄上は七、八頭の野犬をことごとく打ちました。父上はその様を見て、兄上の〈神妙活殺〉の恐ろしさに気づかれたのだ、と思います」

「わたしの〈神妙活殺〉が恐ろしいというのか」

「はい、兄上は無念無想の境地に入られた後のことは覚えておられますまい。兄上は普段は虫も殺せない穏やかな方ですが、〈神妙活殺〉を使うときは情け容赦がなくなり、しかも父上よりも凄まじい技を使うのではないかと思います」

「まさか、そんなことは──」

権平は眉をひそめた。千草はじっと権平を見つめた。

「ですが、わたくしはあのころから兄上が道場で数を数える声を聞くようになりました。〈神妙活殺〉を使う前に数を数え始めたのはあのときからではありませんか」

「そう言えば、父上がわたしに数を数えろと言われたのは、野犬の騒動があってからだったな」

「父上は兄上の〈神妙活殺〉の恐ろしさに気づかれ、いらざる殺生《せっしょう》をされぬように、歯止めをかけるためにそう仕向けたのではないでしょうか」

千草が言うと、勘六はあわてて膝を乗り出した。

「ということは、兄上は数を数えなくとも〈神妙活殺〉を使えるのですか。ならば、天下無双ではありませんか」

これで、道場破りが商売になります、と勘六はにこにこ顔で言った。しかし、権平はゆっくりと頭を横に振った。

「そうはいくまい。わたしは、数を数えて〈神妙活殺〉に入ることが体に染みついてしまった。もはや、そうしないで技に入ることなどできぬ」

そんな、と勘六はがっかりした。千草は目を潤ませて、

「父上のお情けなのです。ありがたいと思わなければいけません」

と言い足した。

権平は深々とうなずき、勘六は、
――はあ
と気が抜けた返事をした。

この日の夜、尾藤道場では通夜が行われ、権平たちは、三人そろって訪れた。

道場の玄関には弔問客が並び、由梨が気丈な様子で応対していた。

権平たちは、遠くから由梨に会釈して、屋敷に上がった。奥の大広間に入るとすでに僧侶が読経していた。

三人は片隅に座った。すると前の方にいた柿崎源五郎が、やあ、やあと声をかけながら近づいてきた。

相変わらず、でっぷりと太っている。源五郎はすでに酒を飲んでいるらしく赤い顔をしていた。

源五郎は額の汗を懐紙でぬぐいながら、

「尾藤先生がかくも急にお亡くなりになるとは思いがけなかったな」

と話しかけてきた。権平はしかたなく、

「まことに驚きました」

と答えた。すると、源五郎は顔を近寄せて、熟柿《じゅくし》臭い息を吐きながら、

「尾藤先生を襲った賊が〈神妙活殺〉を使ったというのはまことか」

と訊いた。権平は顔をしかめた。

「柿崎様は〈神妙活殺〉をご存じだったのですか」

「当たり前だ。この城下で剣術道場を開くほどの者なら、技を見たことがなくとも名ぐらいは聞き及んでいるはずだ。お主の亡き父上は〈神妙活殺〉を使うということで重きをなしていたのだからな」

「そうなのですか」

権平は父から〈神妙活殺〉を伝授されているとはおくびにも出さなかった。

「それで、どうなのだ。昨夜の賊は〈神妙活殺〉を使ったのか」

源五郎は執拗に訊いた。

「賊はさよう高言したそうですが、まことにそうだったのかどうかは、暗闇の中ゆえわからなかったと思います」

「それはそうだが、もし、まことに〈神妙活殺〉を使うとすれば、その賊はお主たちの父上を殺した者と同じかもしれぬな」

権平はふーっと大きくため息をついた。

「なぜ、そう思われるのですか」

「〈神妙活殺〉は一度途絶えたものを青鳴一兵衛殿が工夫された技だ。もし、賊が青鳴殿から伝授を受けていたとすれば、青鳴殿がいなくなれば、〈神妙活殺〉を使う者は天下にただひとりということになる。剣客にとって秘技は思いのほか飯の種になる。秘技を持つことが評判になれば道場主はそれだけで秘技を伝授されたい弟子が増えることになる」

ひどく俗っぽいことを源五郎は言った。それを聞いた勘六が目を輝かせて口を開いた。

「これは、ありがたいことをうかがいました。それでは、わが道場も秘技を伝えると言ってまわれば、弟子が増えるのですね」

「秘技が伝えられておればな」

源五郎は胡散臭げに勘六を見た。勘六が大きくうなずいて何か言おうとしたとき、傍らの千草が思い切り勘六の尻をつねった。

——痛いっ

勘六は思わず声を上げた。源五郎が眉をひそめて、

「どうした。大丈夫か」

と声をかけると、権平が、大仰な口調で言った。

「残念でござる」

何が残念なのだ、という顔を源五郎がすると、権平はなおも残念、残念、と繰り返したうえで、

「いや、それがしも父から〈神妙活殺〉を伝授されておりましたら、よかったと残念でなりま

せん」

と嘆いた。源五郎は、同情するように、

「惜しいことをしたな。しかし、案外、それでよかったのかもしれんのだぞ。なぜなら、お主らの父を殺した者が〈神妙活殺〉を会得しておるとしたら、同じ技を使う者を殺めようと思うかもしれぬからな」

千草が首をかしげた。

「しかし、〈神妙活殺〉を使うことを高言すれば、父を殺したと世間に吹聴するようなものではありませんか」

はっはっと源五郎は笑った。通夜の客にしては不謹慎なだけに、まわりの者たちがじろりと睨んだ。

「秘技など呼び名を変えれば、もはや誰が考えた技なのかわからなくなる。たとえば、あそこにいる心影流の戸川源之亟などは、近頃、〈無明剣《むみょうけん》〉なる技を極めたと称しておる。昔から心影流に伝わる技だと言っておるが、新しい技を練り上げた剣客は必ず流祖から伝わる秘技だと称するからあてにはならぬな」

「なぜ、自らが創始しながら流祖伝来の技だと言うのですか」

権平が訊くと、源五郎はまた笑って、

「箔《はく》がつくからに決まっておろう」

と言った。笑い声が大きく、まわりからまたもや白い目で見られたが、酔っているらしい源五郎はさらに気にする気配がなかった。

勘六が権平と千草に囁くように言った。

「これで、次の道場破りの相手が決まりました」

権平が鬱陶しそうに、

「心影流、戸川源之亟道場だと言うのだろう」

と応えた。勘六は、はい、とうなずいて、

「父上の仇かもしれないのですから」

と付け加えた。千草が困ったように口を挿んだ。

「ですが、戸川様はわたくしたち同様、道場主としては二代目でお若いですが、文武にすぐれ礼儀正しく、評判の良い方です。父上を闇討ちにする方とは思えません」

千草が頰をかすかに染めて言うと権平は源之亟に目を遣った。

源之亟は座敷の奥で由梨に悔やみの言葉を述べているようだ。源之亟は権平よりも四、五歳年上だろうが、色白の凜々しくととのった顔立ちで座っていても背筋がすっきりと伸びて姿がよかった。

源之亟が何か言うと由梨が微笑んだ。それを見た権平は勘六に、

「よし、明日は尾藤先生の葬儀ゆえ遠慮せねばならぬが、三日後に戸川道場に行くぞ」

「おお、頼もしいです。兄上、やっと本気を出してくださいましたね」

「わたしはいつでも本気だ」

権平は威張って胸を張った。

だが、千草は源之亟をうっとりと眺めている。

八

三日後——

昼下がりになって、権平たちが戸川道場に行く支度をしていると玄関で女人の声がした。

応対に出た勘六があわてて戻ってきて、

「尾藤家の由梨様です」

と告げた。さらに、勘六は、

「どうします。お通ししますか。いまから道場破りに行かねばならないのですが」

と訊いた。権平は少し声をうわずらせて言った。

「何を言うのだ。せっかく由梨様が見えたのに、あがっていただくのが当然ではないか」

勘六は顔をしかめて、はい、わかりました、と応えて玄関に向かった。

権平は千草に顔を向けて、

「客間にお茶を出してくれ」

と言った。千草はわざとらしい無表情になって応える。

「わたくしはお茶を淹《い》れるのは下手なようですが、構いませぬか」

「構わぬ。由梨様はさようなことを気にされるような心の狭い方ではないと思う」

「それはよろしゅうございました」

千草はちょっとふくれて立ち上がると台所に向かった。権平が客間に向かうと、ちょうど由梨が勘六に案内されてきた。

由梨は座って、葬儀に参列してくれた礼を述べ、権平もあらためて悔やみの言葉を言った。

千草が茶を持ってくると、権平は由梨に茶を勧めながら、

「お前たちは下がっていていいぞ」

と千草と勘六に声をかけた。権平の言葉を千草はつんとすまして聞き流し、勘六はそもそも権平の言葉が耳に入っていない様子で由梨を見つめている。

えへん、と咳払いした権平が、もう一度、ふたりに下がれ、と言おうとしたとき、由梨が口を開いた。

「わたくしはおふたりにも聞いていていただきたいのですが」

由梨の言葉に権平は少し気落ちし、千草は当然だという表情になった。勘六はすでに何でも聞くぞ、と身構えている。

権平は自分を励ますように、もう一度、咳払いをして、

「何事かありましたか」

と落ち着いた声で言った。

由梨は、はい、と答えて、実は祖父の遺品を整理しておりましたら、かようなものが出てまいりました、と言って懐から書状を取り出し、権平の膝前に置いた。

「拝見してもよろしいのですか」

権平は言いながら、書状を手にした。由梨は、はいと答えうなずく。

権平は書状を開いて、さっと目を走らせて息を呑んだ。

「由梨様、これは――」

うなりながら、権平は書状を千草に渡した。受け取った千草は勘六とともに書状を読み、思わず、あっと声をあげた。

書状には、ただ一行だけ、

あおなりいちひょうえあやめよ

と書かれていた。青鳴一兵衛を殺めよ、と読める。さらに書状の隅に、

──闇の一文字が記されている。差し出し人の名なのだろうか。

「祖父の遺品の中にありましたが、宛先は書かれておりません。あるのは差し出し人の名だけです」

権平は腕を組んだ。

「宛先がないということは、尾藤先生に向けて出された書状なのかどうかわからないということですね」

由梨はうなずいて、

「はい。祖父は正直なひとでしたから、もし、青鳴様を殺めるなどしていたら、先日、皆様が見えられたときのような応対はしないだろうと思います」

と言った。

「わたしもさように思います。尾藤様が受け取ったものではなく、まして、尾藤様が書かれたものでもありますまい」

権平が重々しく言うと、由梨はちょっと驚いた顔になったが、わたくしもそう思います、と応えた。千草が書状を置いて、

「わたくしもさように存じます。それに兄上もおわかりであろうと思いますが、これは女人の

文字でございます」

と言った。女人の文字だと言われて、権平はどきりとして書状を見た。

千草の傍らの勘六が何でもないことのように、

「青蓮院流《しょうれんいん》ですね」

とつぶやいた。女文字だと気づかなかった権平は、ごほん、と咳払いしてから言った。

「ともあれ、この書状だけでは何のことかわかりませんな」

勘六がおとなびた表情で権平を見つめた。

「いえ、兄上、この書状からわかったことがあります。まずひとつはわたしたちの父上を殺めるように命じた者がいたこと。ということは、父上は〈神妙活殺〉の技を独り占めするために殺されたのではなく、もっと別なわけがあったということです」

千草が身を乗り出して口を挿んだ。

「そう決めつけてはいけません。ひょっとしたら、誰かが戯言《ざれごと》で書いたものが尾藤先生の遺品に交じっていたのかもしれないのですから」

権平はため息をついた。

「まったく、お前たちは頭がよくまわるな」

勘六は落ち着いた様子で応える。

「兄上があまりに考えなすぎなのです」

権平たちのやり取りを聞いていて、由梨は寂しげに言った。

「ごきょうだいの仲がよろしくてうらやましゅうございます」

権平は首をひねった。

「いつもきょうだい喧嘩ばかりです。仲がいいというほどのことはないでしょう」

真面目に言う権平に由梨は微笑んだ。

「そのことはともかく、祖父の遺品にあった書状をお見せできて、わたくしの胸のつかえがとれました。本当に、誰かの戯言かもしれないのですけれど」

権平はゆっくり頭を振った。

「いや、戯言であったなら、尾藤先生が残しておかれるはずはありません。持っていなければならないわけがあったからこそお捨てにならなかったのでしょう」

権平の言葉に由梨はうなずいた。

「書状をお見せして本当によかったと思います」

由梨に見つめられて権平は顔を赤くした。


由梨が辞去すると、権平たちは道場破りに行く支度をした。

戸川道場は青鳴道場からさほど遠くない。

それだけに、かつては門人の奪い合いのようなこともあったが、いまでは青鳴道場がさびれてしまい、戸川道場には入門を望む者が絶えないという噂だった。

戸川道場の門前に立った勘六は、大声で訪いを告げた。道場破りも三軒目だけに慣れてきたようだ。

「どーれ」

と声がして無精ひげを生やした、相撲取りのような大男が出てきた。目の前にいる勘六に気づかず、少し離れたところに立つ権平に向かって、

「何用でござる」

と声をかけた。すると、勘六が背伸びをして声を張り上げた。

「青鳴道場の者でございます。一手、ご教授願いたいと思って参上いたしました」

大男はようやく勘六に気づいてぎょっとした顔になった。だが、勘六が青鳴道場と名のったのを耳に留めたらしく、

「青鳴道場の方が見えたら、お上げするように、と先生から承っております」

と思いがけないほど丁寧な口調で言った。

勘六が振り向くと権平はうなずいてみせた。うなずき返した勘六は大男に向かって、

「青鳴道場主、青鳴権平と千草、勘六です。案内をお頼みいたします」

と凜々と告げた。

大男は戸惑いの表情を見せながらも権平たちを道場に案内した。道場の入口で礼をして権平

たちが入ると同時に、

「稽古、やめい」

という声が響き渡った。それまで木刀で打ち合っていた門人たちが、いっせいに壁際に引いて座った。

それまで気合が響いて騒然としていた道場が静まり返った。

師範席に黒い稽古着姿で座っていた戸川源之亟が立ち上がって権平たちに近づいてきた。にこやかな笑顔の源之亟は軽く頭を下げてから、

「青鳴道場の方が、道場破りをしているとの噂は耳にしております。そろそろわたしのところへお見えになるのではないかと心待ちにしておりました」

と言った。

源之亟がからかっているのか本気なのかがわからず、権平が口の中でもごもご言っていると千草がはきはきと切り出した。

「戸川様は近頃、〈無明剣〉なる秘技を会得された、とおうかがいしました。ご教授願えればありがたく存じます」

源之亟は少し困った顔になった。

「〈無明剣〉は流派の秘技ですから、他流派の方にお見せするわけには参らないのです。それともわが流派に入門されますか」

丁寧な口調ながらも、秘技を見せるつもりがないことは、はっきりとわかった。しかし、千草はなおも食い下がった。

「それでは、わたくしの兄が戸川様と立ち合ったうえで負けたら、入門するということではいかがでしょうか。ただし、立ち合いでは〈無明剣〉を使っていただきたいのです」

千草の話を聞いて権平はぎょっとした。

だが、どれほど言っても流派の秘技を他流派の者に見せることはないだろうと思って黙っていた。

源之亟はしばらく考えてから、

「わかりました。そこまで言われるのなら、〈無明剣〉をお見せいたしましょう」

ときっぱり言った。

権平は目を瞠った。

「まことでございますか」

「ただし、〈無明剣〉は真剣でなければ、その強みを表せませぬ。真剣での立ち合いをお願いいたす」

真剣と聞いて権平は戸惑った。

「さて、真剣なればいずれかが死ぬことになりますぞ」

「たがいに剣客ではありませんか。寸止めにて、血を見ずに勝負の行方は見えましょう」

相手を斬らず、一寸の見切りによって勝敗を争おうと言うのだ。だが、真剣である以上、もののはずみで斬ってしまうことがないとは言えないだろう。さすがに驚いた千草が権平に向かって、

「これはとんでもないことになりました。真剣でならばわたくしが代わりに立ち合わねばなりません」

と言った。権平は顔をつるりとなでて考えていたが、不意に微笑した。

「いや、これはやはり、わたしが立ち合うしかないようだ」

権平は源之亟を落ち着いた目つきで見て言葉を継いだ。

「物には間違いということがござる。真剣での立ち合いで過《あやま》って命を落としても、双方、怨みは抱かぬということでよろしゅうございますか」

にこりとして源之亟は答えた。

「無論でござる」

戸川道場の門人たちがざわめいたが、源之亟は一喝した。

「騒ぐな。剣客ならば、いつにても真剣勝負をする気概を持っていなければならぬ」

門人たちは源之亟のひと声で鎮まった。

源之亟は門人たちに道場で待て、と言い置いて権平たちを中庭に案内した。

権平は源之亟について行きながら、声を低めて千草と勘六に言った。

「戸川殿には殺気がある。なぜかは知らぬがわたしを斬るつもりのようだ。心しておくのだぞ」

勘六がぎょっとして、

「兄上、それはまことですか」

と言うと、権平はさらに声を低くした。

「うろたえるな。もはや、勝負は始まっているのだ。そなたたちが落ち着きを失えば、わたしがそれだけ不利になる」

千草がうなずいて、

「兄上、わたくしが軽率でした。申し訳ございません」

と言うと、権平は笑った。

「気にするな。父上の仇に巡り会えたということかも知れぬのだ」

勘六がかすれた声で訊いた。

「では、戸川様が父上を闇討ちにしたのですか」

「そうなのかどうか、真剣で立ち合えばわかるだろう」

権平はそれ以上は言わずに源之亟についていく。

中庭に入ると、源之亟が振り向いた。

「勝負は一本だけでござる。よろしいか」

「承知しております」

権平は答えながら、中庭を見まわした。庭とは言いながら、庭石も木もなく、築地塀《ついじべい》の際まで、土がむき出しで踏み固められている。

日ごろから稽古場として使っているのだろう。源之亟はいったん、座敷に上がると、大刀だけを腰にして出てきた。

中庭の真ん中で権平と源之亟は向かい合う。

「いざ」

源之亟はさりげなく言って、すらりと刀を抜いた。

「おう」

応じて権平も刀を抜く。

白刃が陽射しに光った。

源之亟は正眼に構えて権平を静かに見つめていたが、やがて口を開いた。

——ひとおおつ
源之亟が数を数えだした。権平は眉ひとつ動かさないが、千草と勘六は蒼白になった。まさか、源之亟の秘技、〈無明剣〉とは〈神妙活殺〉のことなのだろうか。

——ふたあぁつ

源之亟がさらに数を数えて、
――みいいつ
と言ったのと同時に権平も、
――ひとおつ
と声を発した。源之亟の〈無明剣〉に対抗して、権平も〈神妙活殺〉を使うつもりなのだ。しかし、〈無明剣〉が〈神妙活殺〉と同じように五つ数えるとしても、権平はすでに二つ遅れている。
勘六が傍らの千草にささやいた。
「兄上はどうされるつもりなのでしょう。ふたつ遅いではありませんか」
「わかりません」
千草は権平の動きを食い入るように見つめた。
――よおおつ
――ふたつ
二人の声が重なった。

九

源之亟はゆっくりと刀を御幣のように捧げ持った。その動きにつられるように権平も刀を顔の前で立てる。

――いつぅつ
――みっつ
源之亟は数え終わるなり、稲妻のように斬りつけた。すでに無念無想の境地に入っているのだろう。気合も発しない動きだった。金属音が響いた。権平の刀が源之亟の斬り込みを弾き返した。

だが、源之亟は無表情なまま、刀を縦横に振るった。

それに応じて権平の刀がきらめく。数合、打ち合った末に、源之亟は無造作に突いて出た。寸止めにするという約束だったが、源之亟の刀の切っ先は一瞬のためらいもなく権平の喉元に向かった。

権平はこれをかわしつつ、身を沈め、踏み込んでくる源之亟の喉に向かって斬り上げた。源之亟の踏み込みは十分だったが、切っ先をかわされ、宙を突いた。

一方、権平の切っ先は源之亟ののどもとでぴたりと止まった。その瞬間、それまで無表情だった源之亟がぱっと顔を赤くした。

「参った」

源之亟は素直に言うなり、刀を引いて退いた。権平も刀を引く。源之亟は、権平に声をかけた。

「それがしの負けにござる。お茶など進ぜましょう」

権平と千草、勘六は源之亟に誘《いざな》われるまま、客間に上がった。

四人が座ると間もなく門人が茶を持ってきた。さらに、源之亟から言いつけられていたらしく、白い紙の包みを持ってきた。

勘六は嬉しそうに、紙包みを見つめて、中身を見抜いたらしく、

「五両です」

と権平に囁いた。

権平は重々しくうなずく。

源之亟は茶を喫してから、道場の看板料でござる、と言って躊躇せずに紙包みを権平の膝前に置いた。

勘六が素早く紙包みを懐に入れながら、

「ありがたく頂戴いたします」

と言って頭を下げた。

源之亟は微笑しただけで、権平に顔を向けた。

「やはり、〈無明剣〉とは青鳴道場の〈神妙活殺〉を真似たものだったのですね。俄か稽古では、本家本元にはかないませんね」

淡々と源之亟は言ってのけた。

「〈無明剣〉とは、戸川殿が工夫されたものではなかったのですか」

権平に言われて、源之亟は苦笑した。

「わたしが考えた技ではありません。有体に申せば、買ったのです」

「買ったと言われますと」

権平は目を丸くした。

秘技を買うなど耳にしたことがなかった。

「柿崎源五郎殿から先日、買ったばかりです。あのひとは剣客というより、もはや剣の商人です。金儲けがうまくて、裏では高利貸などもしているようです」

「しかし、柿崎殿がなぜ、〈神妙活殺〉を知っておられたのか」

権平が首をひねると、千草が権平の膝をつついて小さな声で言った。

「柿崎道場で道場破りをした帰り道で門人たちに襲われたではありませんか。あれは柿崎様の差し金だったのです。あの時、兄上が使われた〈神妙活殺〉を柿崎様は物陰に隠れて見て取ったに違いありません」

「なるほど、油断も隙もないな」

権平は感心したように言った。源之亟はうなずいて、

「柿崎殿はわたしに、これからの道場主は秘技を持っていなければ門人が集まらぬから、〈無明剣〉を会得されよ、と言ってわたしを口車にのせたのです」

勘六が身を乗り出した。

「そんな話だけで、よくお金を出されましたね。わたしども貧乏道場の者には考えもつかぬことです」

皮肉めいた勘六の言葉に源之亟はため息をついた。

「もちろん、話だけではわたしも応じません。実際に柿崎殿の〈無明剣〉と立ち合ったのです。わたしはあっさりと負けてしまいました。柿崎殿に敗れたと世間に知られては困りますので、その口止め料も含めて、十両で買いました」

十両と聞いて、権平たちは息を吞んだ。勘六が素早く計算して、

「青鳴家ならば、それだけあれば半年は寝て暮らせます」

とつぶやいた。

権平はことさら厳しい顔を作って、

「それでは、柿崎殿も〈神妙活殺〉を使われるのですね」

「無論ですが、お話をうかがうと柿崎殿もいわば一度だけの見取り稽古で学んだだけのようですから、正真正銘の〈神妙活殺〉とは言えないでしょうが」

「いや、先ほどの〈無明剣〉、肝が冷えました。おそらく柿崎殿は〈神妙活殺〉を一度、見ただけで会得されたのでしょう。恐るべきひとだと言うしかありません」

尾藤一心を襲った〈神妙活殺〉を使う賊は柿崎源五郎かもしれない、と権平は思った。尾藤一心の通夜の席で〈神妙活殺〉のことを口にしたのは、自分が疑われていないか確かめるつもりだったのだろう。

千草が身じろぎしてから言葉を発した。

「戸川様にお訊ねいたしたいことがあるのですが、よろしいでしょうか」

「なんなりと」

源之亟はととのった顔に笑みを浮かべて千草を見つめた。千草はほんのり頰を染めて問うた。

「尾藤家の由梨様から、一心先生の遺品の中にあった書状を見せていただきました。書状にはわたくしたちの父、青鳴一兵衛を殺めよ、とあり、闇という文字が記されていました。この書状についてお心当たりはありませんか」

一気に言った千草は源之亟がなおも自分を見つめているのに気づいて、恥ずかしそうに顔を伏せた。

源之亟はしばらく考えてから、

「それは闇姫籤だろうと思います」

と告げた。

「やみひめくじ?」

権平は初めて聞く言葉に呆然とした。

「五年前に亡くなった父がわたしに話してくれたことがあります。城下の剣術道場主は、三カ月に一度、大垣《おおがき》神社に夜中に参って暗闇の中で巫女《みこ》の御祓いを受ける習わしがあるそうです。御祓いを受けた後、拝殿で巫女から籤を引くように言われるのです。その籤に書いてあった文言通りのことをしなければ、神罰が下るそうです。この籤のことを道場主たちは闇姫籤と呼んでいるそうです」

「戸川殿はその籤を引かれたことがあるのですか」

権平が訊くと、源之亟は首を横に振った。

「いえ、わたしは父が闇姫籤を嫌っていたのを知っていましたから、一度も参ったことはありません」

「そうですか。しかし、奇妙な習わしですね。なぜ、そんなことが始まったのでしょうか」

権平は眉をひそめた。

源之亟はあたりをうかがってから、

「父は、大垣神社での剣術道場主たちの御祓いは藩の剣術指南役を務める羽賀弥十郎様の呼びかけで始まったのだ、と話していました」

と言った。

「羽賀様も御祓いに出られるのですか」

権平は目を瞠った。

「初めのうちはそうだったらしいのですが、羽賀様が出られなくなってから闇姫籤が始まったということです」

闇姫籤は御祓いの後で、三方に載せて道場主たちの前に置かれる。書状は六通あり、その中には白紙もあるらしいが、何事かを命じるものもあったらしい。

闇姫籤のご託宣通りにするかどうかは道場主たちにまかされており、仮にしなくとも誰かに咎められるわけではない。

だが、闇姫籤に応じることで羽賀に気に入られ、やがて指南役の座がまわってくることを期待する者もいたようだ、と源之亟は話した。

「亡き父は、闇姫籤は藩の隠密の仕事を道場主たちにさせるために始まったのだろう、と話していました。しかし、しだいに羽賀様の私利私欲のために使われるようになったのではないかと父は疑っておりました」

「それで戸川殿は大垣神社の御祓いに出られていないのですね」

権平は得心がいったようにうなずいた。

「はい、ですが、やはり御祓いを受けていないと城下で孤立しているのではないかと心配になります。それで、秘技を買わないかという柿崎殿の誘いにのって大損しました。恥ずかしい限りです」

「いや、恥じることはありませんぞ。わたしたち青鳴道場も食えなくなり、かように道場破りなどしているのですから」

権平が正直に言うと、勘六が、わざとらしいくしゃみをした。余計なことは言うな、ということなのだろう。

千草が首をかしげた。

「ですが、戸川様がお父上が亡くなられて以来、出ておられず、わたくしどもの父と尾藤一心様も亡くなりました。だとすると、もはや、御祓いに行かれているのは、新当流の柿崎源五郎様と雲弘流の熊谷鉄太郎様、柳生流の和田三右衛門様の三人だけということになりますね」

「そういうことになりますが、何なら、大垣神社の御祓いに行かれて、確かめてみますか」

源之亟はさりげなく問うた。権平は目を細めて訊きかえした。

「御祓いがいつあるのか、わかるのですか」

「大垣神社から報せが来るのです。わたしは出ておりませんが、それでも報せだけは届きます」

源之亟はそう言ってから奥へ行くと、しばらくして、不動明王が刷られた神社の守り札を持ってきた。そこには、十日後の日付のみが書かれていた。

源之亟から渡された札に見入った権平は、なるほど、とつぶやいた。

それからしばらくして、またもや同じように、なるほど、とつぶやいた。


十日後——

夜になって権平たちは大垣神社に向かった。

歩きながら、権平はぶつぶつと言った。

「なあ、やはり大垣神社に行かねばならぬのか」

勘六はあきれたように答える。

「兄上は大垣神社の御札を見ながら、なるほど、と何度も言われたではありませんか。それゆえ、わたしは御祓いの日には大垣神社に行かれるものと思っていました」

「あれは、なるほどと思ったから、なるほどと言ったまでだ。御祓いに行くなどとはひと言も言っておらん」

往生際悪く、言い募る権平に千草が言った。

「戸川道場で五両、頂戴して、しばらく食べる心配がありません。その間に父上が誰に殺されたのかを突き止めねばならないと思われませんか。大垣神社の御祓いに行けばきっと何かがわかります」

理屈でやりこめられた権平はむっとした。

「とは言っても、あるいは藩の隠密と関わることになるぞ。そうなったら、命がいくつあっても足りないではないか」

勘六が先頭を歩きながら、

「虎穴に入らずんば、虎児を得ずです、兄上」

と言った。

「虎の子がおればよいが、親の虎だけだったら、わたしたちは食われておしまいだぞ」

権平がため息をつくと、千草がたしなめた。

「兄上、悪く考えたら限《きり》がございません」

「どうしたらよく考えられるのだ」

三人で話しつつ歩くうちに大垣神社に上る石段の前に出た。石段のところどころに提灯《ちょうちん》が立てられているものの、上の方は闇に包まれて、薄気味が悪かった。

それでも上って、石段の途中まで来たとき、勘六がふと、そう言えば父上は石段で襲われたということでしたね、と不吉なことを言った。

その瞬間、勘六の言葉につられるように、石段沿いの林の中から男たちがばらばらっと出てきた。左右を囲まれ、振り返ると石段の下からも上がってくる者がいる。皆、両刀を腰にした武士だった。

「言わんことではない、囲まれたぞ」

権平は不機嫌な声を出しながら、石段の上を見上げた。そこには提灯を手にした大柄な男が立っていた。

権平は男の背格好に見覚えがある気がした。

「そこの方はひょっとして雲弘流の熊谷鉄太郎殿ではございませんか」

ためしに言ってみると、闇の中で笑う声がした。

石段の上にいた大男はゆっくりと下りてきた。

大男は手にした提灯で自分の顔を照らしてみせた。頬骨が突き出て顎が長い顔だ。手足も長く、どことなく獣めいている。年齢は三十歳過ぎだろう。

「いかにも熊谷道場の熊谷鉄太郎である」

鉄太郎の野太い声が響き渡った。権平は大きく息を吸ってから問いかけた。

「それがしは青鳴権平です。大垣神社の御祓いを受けに参りました。お通しください」

鉄太郎は、またもや笑った。

「大垣神社の闇姫籤のことは何も知らぬらしいな。闇姫籤から一度、抜ければ、裏切り者とみなされる。そなたらの父、青鳴一兵衛も尾藤一心もそれゆえ斬られたのだ。家を継いだ者が闇姫籤に訪れぬままならば、見逃すが、こうして来たとあれば、放っておくわけにはいかぬ」

鉄太郎が言うとまわりを囲んでいた武士たちが刀の柄に手をかけて、じりっと包囲の輪を縮めた。

「ほら、みろ。言ったではないか、虎の子などおらず、親虎だけだと」

権平が言うと千草が、まわりを油断無く見据えながら、

「兄上、愚痴が多すぎます」

と言った。権平はううむ、とうなった。

月が空にかかっている。

十

熊谷道場の熊谷鉄太郎と門人たちに囲まれた権平は、

「千草と勘六は石段の外に逃れろ」

と言った。

千草があたりを見まわしてから眉をひそめた。

「兄上、ひとりで立ち向かわれるつもりですか」

「そうだ。〈神明活殺〉を使うゆえ、お前たちがそばにいては足手まといになる」

いつの間にか半眼になっていた権平が言った。勘六が心配げに、

「兄上、いまから数えては間に合いませんぞ」

と言った。

権平はゆらりと頭を横に振った。

「声には出さぬが胸のうちではすでに数えておる」

権平はぼーっとなって言った。勘六が驚いて、

「なんだ。そんな手があったのか」

とつぶやいた。千草があわてて声をひそめて訊いた。

「兄上、いまいくつですか」

権平は聞き取れないほどの声で、四つだ、と答えた。千草と勘六は顔を見合わせた。千草は、

「勘六急いで」

と言うなり、石段の外に跳んだ。勘六も外に転がるようにして飛び出る。その瞬間、待っていたように、

――いつうつ
と権平が大声で叫んだ。

石段の上の熊谷鉄太郎がぎょっとして身構えた時には、権平は疾風のように石段を駆け上がっていく。

――神妙活殺
権平の声が響いた。まわりの武士たちがあわてて斬りかかると、権平の刀がきらめいた。悲

鳴とともに、武士たちが倒れ、刀を取り落としていく。

熊谷鉄太郎が刀を抜いて待ち構えると、権平は石段を駆け上がった勢いそのままで跳躍した。

「おのれっ」

鉄太郎が刀を振り上げて斬りつけようとしたときには、頭上を越えていた権平から頭を蹴られていた。衝撃で鉄太郎がよろめくと、降り立った権平が体当たりしてきた。

うわっ、とわめきながら鉄太郎は石段を転がり落ちた。

ごろごろと転がって下まで落ちた鉄太郎は頭でも打ったのか起き上がろうとはしない。権平は石段の上からそれを見定めると、

——千草、勘六、来い。

と声をかけた。石段の外に逃れていた千草と勘六が急いで駆け上がってくる。

「兄上、これからどうします」

千草が訊くと、権平は背を向けて、

「ここまで来たのだ。拝殿に行って、闇姫籤が行われているかどうかを見てみよう」

と言ってすたすたと歩き出した。

勘六が追いすがって、

「兄上、いま、〈神妙活殺〉を使われましたな」

「ああ、使った」

権平は振り向かずに答える。勘六が心配げに言葉を続けた。

「ということは、拝殿に敵がいたとき、〈神妙活殺〉を使おうとしても無理かもしれません。なにしろ三回に一回しか成功しないのですから」

「ああ、そうかもしれんな」

権平は面倒くさげに応えた。

「だとすると、次に斬り合いになったら、どうするのですか」

うーん、と考えた権平はやがてぽつりと言った。

「まあ、死ぬ覚悟はしておけ」

——兄上
思わず勘六が声を高くすると、千草が叱責した。

「静かにしなさい。拝殿はすぐそこです、聞こえたら、どうするのですか」

言われて勘六が見ると、黒々とした拝殿が目の前にあった。障子が開け放たれ、蠟燭《ろうそく》の灯りがもれている。

権平は広縁の下に身を隠した。千草と勘六もそれに続いた。

拝殿から、ぼそぼそとひとの話し声が聞こえてくる。

権平と千草、勘六は広縁の端からのぞいてみた。すると、拝殿にはふたりの武士と女人が座っていた。

武士ふたりは羽織袴姿だが神前に対峙して座っているため、背中だけで顔は見えない。その向こうに白い装束の女人が座っている。

女人は白い頭巾《ずきん》をかぶり、顔には能の小面《こおもて》をつけている。あの女人が、

——闇姫

なのだろう。話しているのは、ふたりの武士だけで、闇姫は黙っているようだ。しばらくして闇姫が身じろぎして、

——遅い

とつぶやいた。低く、くぐもった声だった。ひとりの武士が頭を下げて、

「間もなく熊谷鉄太郎が彼の者を討ち取って戻りましょう」

と言った。

闇姫は武士に顔を向けて、

「まことか、柿崎源五郎」

と名を呼んで訊いた。すると源五郎が愛想よく、

「まことでございますとも、闇姫様」

と答えた。すると、片方の武士が、

「いや、青鳴道場の者たちは油断ができん、熊谷がやられたのかもしれんぞ」

と冷ややかに言った。

「まさか、そのようなことはあるまい」

源五郎が言うと武士はなおも突き放すように言った。

「まさか、と思うなら自分で見に行ったらどうだ」

武士が言うと、闇姫が、

――さようにいたせ
と声をかけた。

源五郎はやむなく立ち上がって刀を手に広縁に出てきた。その瞬間、権平たちは広縁の下に身を隠した。しかし、さすがに源五郎は足を止めてあたりの気配をうかがった。そして、振り向かずに、

「和田三右衛門殿、どうやらお見通しの通り、熊谷鉄太郎め、青鳴道場の者たちを取り逃がしたようでござる」

源五郎は、そう言うなり、どん、と足を踏み鳴らして、

「鼠のように隠れておらずに出てこい」

と言った。権平はやむなく広縁の下から出た。千草と勘六も続いて出る。

三人の顔が拝殿の蠟燭の灯りに浮かび上がると、和田三右衛門が振り向いて、

「かような若造に熊谷はやられたのか、何というだらしのない奴だ」

と言った。

三右衛門は四十過ぎで彫の深い精悍な顔立ちをしている。

勘六が広縁に飛びついて、

「何を言われますか、兄上は若くとも、〈神妙活殺〉を使わせたら、天下無双の達人なのです」

ときっぱりと言った。その言葉を聞いた源五郎が顔を権平に向けた。

「お主は〈神妙活殺〉の伝授は受けてはおらぬと申したではないか。わしを謀《たばか》ったのだな。わしの門人がそなたを襲った際に見届けさせてもらったぞ」

「いえ、謀りなどはいたしません。流派の秘技について他流派の方に申し上げないのは当然のことではありませんか。それとも新当流では違うのでございますか」

権平が言うと、源五郎は笑った。

「見かけによらず、小賢しいことを言う奴だ。よし、わかった。理屈はもうよい。お主の〈神妙活殺〉がまことのものかどうか見てやろう。わしと立ち合え」

思いがけず自信たっぷりな様子で源五郎は庭に下りようとした。だが、権平はそれに構わず、拝殿に座っている女人に呼びかけた。

「そこの方は闇姫様とお聞きする女人と存じます。されば、おうかがいいたしたい。闇姫籤でわが父を殺めさせたのはなぜでございますか。また、実際に殺めた者の名をお聞かせください」

闇姫は身じろぎもしない。だが、くぐもった声が響いた。

「それを聞いて、何とします」

権平は胸を張って答えた。

「仇討をいたします」

「仇討のう」

闇姫はつぶやいてから、ふふ、と笑った。

千草が広縁に手をついて、

「何がおかしいのです。無念の最期を遂げた父の仇を子が討つのは当たり前のことではありませんか」

と声を高くした。闇姫はじっと千草を見つめた。

「そなた、名は何と申す」

千草はきっとなって答えた。

「千草です。それがどうかしましたか」

闇姫は勘六の方に顔を向けた。

「そこの童《わらわ》は何と申す」

勘六は目を剝いた。

「わたしは童などではありません。青鳴家の次男勘六です」

ほほ、と闇姫は笑った。

「ふたりとも元気がよいのう」

権平が口を開いた。

「先ほど、わたしが問うたことにお答えいただいておりませんが」

闇姫は権平に顔を向けてから、ゆっくりと頭を振った。

「さようなことには答えぬ」

権平は広縁に詰め寄った。

「なぜにございますか。父を討たれたからには、子として仇を討たねばなりません」

闇姫は荘重な声で答えた。

「仇討ちなど許されぬ。なぜなら、青鳴一兵衛が討たれたのは、わけがあるからじゃ。わたしはそれを伝えたに過ぎぬ」

権平は息を呑んだ。

「誰がわたしの父を殺めさせたのですか。わたしの父に非があれば、奉行所が捕えて処刑すればすむことではありませんか」

「どのような藩にも闇はある。誰かが闇のうちに始末せねばならぬことだ」

「闇の始末と言われますか」

権平は唇を噛んだ。

「城下の道場主たちがわたしの籤を引きにくるのは何のためかわかるか。皆、殿様のお目がねにかない、藩の剣術指南役に取り立てられたいとの野心があるからじゃ。それゆえ、この藩に住む限りは誰も逆らえぬのじゃ。それが嫌だと言うならこの藩から出ていくしかあるまい」

闇姫が囁くように言うと、権平は広縁を平手で叩いた。

「得心がいきませぬ。なるほど家臣ならば生死は殿様の命しだいでございましょう。しかし、わたしの父は町道場主にて身分は牢人に過ぎませぬ。殿様に命を奪われる筋合いはございません」

きっぱりと権平が言うと、千草も権平の傍らに立って、

「その通りです。わたしたちは納得いたしません」

と言った。勘六も広縁に手をついて大きな声を出した。

「法を犯さず、ひとに迷惑をかけていないのなら、誰に殺される筋合いはないはずです」

三人が口々に言い募ると、三右衛門が刀を手にゆっくりと立ち上がった。

「うるさき奴らじゃ。その口をふさいでやろうか」

三右衛門は広縁に出てきて権平たちを睨んだ。すると、源五郎が三右衛門の前に立ちふさがった。

「和田殿、こやつらはそれがしの獲物じゃ。横取りされては困るのう」

源五郎がてこでも動かぬ気配を見せた。

三右衛門は源五郎を睨み据えたが、不意ににやりと笑った。

「わかった。いずれにしても、ここは神社の境内だ。血を見るわけにはいかん。お前たちは道場破りをいたしておるそうだな。ならば、明日、わしの道場に参れ。そこで決着をつけようではないか」

権平が何も言わないでいるうちに、闇姫が、

「それがよい。道場にて始末をつけるがよい。それにしても——」

闇姫は立ち上がって去ろうとしながら、

「兄はともかく、妹と弟は可愛いのう」

と詠うように言った。

権平が鼻白んでいる間に闇姫は奥へと姿を消し、三右衛門も続いていった。

ふたりがいなくなると、源五郎がそばに寄ってきて、

「おい、和田の道場は道場破りが来ると床に油を撒いておき、滑って転んだ道場破りを大勢でタンポ槍で突くのがいつものやり方だ。気をつけることだな」

と声を低めて言った。権平は眉をひそめた。

「さようなことをなぜ、わたしに教えてくれるのですか」

「なに、お主と立ち合って、お主が伝授された〈神妙活殺〉を盗みたいからだ。話したであろう、剣客にとって秘技は金になるのだ」

くくっと笑って源五郎も拝殿の奥へと入っていった。

十一

　この夜、権平たちは、石段に熊谷道場の者たちが隠れていないのを確かめてから、家へと帰った。

　勘六が作った握り飯を食べながら、大垣神社でのことを話し合った。

「それにしても、闇姫籤が藩に都合の悪いことを闇で始末するためのものだとは思いませんでした」

　勘六が言うと千草もうなずいた。

「やはり、父上はそんな闇姫籤から抜けようとして殺されたのかもしれません」

　ふたりがしきりに話し合っている間、権平は何も言わずに黙々と握り飯を食べている。

「兄上――」

　千草が話しかけても、ああ、と生返事をするばかりだった。勘六がしびれを切らして、

　――兄上
と大声を出すと、ようやくうるさそうに、

「何だ、やかましいではないか」

と声を出した。

千草は権平に向かい合って、

「何だ、ではございません。闇姫簸の正体がわかって、あと少しで父上の仇が突き止められるところまで来たのです。兄上にもしっかり考えていただかねば」

「そうは言うが、わたしは明日の道場破りのことを考えねばならん」

千草は目を瞠った。

「では、明日、和田道場に行かれるのですか」

「来いと言われたのだ、行かぬわけにもいかんだろう」

勘六が膝を乗り出してから手を広げて前に突き出した。

「戸川道場では五両いただきました。当分、暮らしには困りません。無理をすることはありません」

「何も無理をしようと言っているわけではない。ただ、お前たちも言っているように、闇姫簸が何なのかがわかった。和田三右衛門はおそらくその先のことまで知っておろう。だとすると、和田から来いと言われて逃げるわけにはいかん」

「なるほど」

勘六は大きくうなずいてから、千草に顔を向けた。

「姉上、ここはやはり、兄上に頑張っていただくしかありませんぞ」

だが、千草は眉をひそめて考え込んだ。

「ですが、柿崎様の話では和田道場では床に油を流し、タンポ槍で突いて道場破りを倒すそうではありませんか」

だから、そのことを考えていたのだ、と権平が言おうとしたとき、勘六が声を大きくした。

「床に油が撒かれるのなら、足袋《たび》を履き、裏に松脂《まつやに》を塗って滑りにくくするしかありません。わたしが明日の朝、裏の松の木から松脂をとっておきます。それから相手がタンポ槍を使うのであれば、こちらは五尺ほどの長さの杖を用意しましょう。狭い道場です。長いタンポ槍が有利だとは限りません。杖でも十分に戦えるかと思います」

理路整然と勘六に述べられると、権平は何も言うことがなくなった。

「いかがですか、兄上――」

勘六に問われた権平はうむ、とうなるしかなかった。

そんな権平を千草が心配そうに見つめている。


翌日――

権平たちは準備万端、ととのえてから和田道場に向かった。和田道場は大身の家臣の屋敷が多い、桜小路《さくらこうじ》にあった。

道場の玄関に立って勘六が訪いを告げると、驚いたことに和田三右衛門が自ら出てきた。羽織袴姿で稽古着は着ていないところを見ると、弟子たちに立ち合わせるだけで、自分が出るつもりはないようだった。

「臆せずによく来たな」

三右衛門は挨拶も抜きにして言った。すかさず、勘六が、

「和田様は居留守も使われず、感心なことでございます」

と言い返した。

三右衛門は、ちょっとむっとしたが、思い直したように、からからと笑った。

「まことに口の減らぬ奴だ」

三右衛門はなおも笑いながら三人を道場に連れていった。

道場に入ると三右衛門は師範席に座った。

権平は試合の支度をしながら、道場の床に目を遣った。すでに油が撒かれているらしく黒光りしている。

板壁にそって居並んだ弟子たちの膝元にはタンポ槍が置かれていた。

源五郎から聞いた通りだと思った権平はうんざりとしながら、底にしっかりと松脂をつけた足袋を履いた。

権平は千草から渡された杖を手にするとゆっくりと道場に歩み出た。すると、三右衛門は師範席から、

「青鳴殿は杖を使われるのか」

と声をかけた。

権平がうなずくと、三右衛門はうなずいてから、

「青鳴殿が長柄のものを使われるなら、こちらも已むを得ぬからタンポ槍を使いますぞ」

と言った。

権平はうなずくしかない。

そのまま、道場の真ん中に進み出る。相手になる稽古着姿の弟子もタンポ槍を手に出てきた。足には権平と同じように足袋を履いている。

（床の油については五分と五分か。しかし、タンポ槍のほうが杖より長いだけ有利ということか）

権平は杖を水平に構えた。

相手の弟子はタンポ槍を構えると、

――うおりゃ
と気合を発したが、すぐには突いてこない。踏み込んで足を滑らすのを用心しているのだ。

権平はゆっくりと足元を確かめながら前に出た。

間合いに入ったと同時に相手は突いてきた。権平はこれをかわしてタンポ槍の柄を上から杖で叩いた。

相手は手が震えてタンポ槍をがらんと音を立てて落とした。権平の杖がぴたりと相手の首筋

を押さえる。

「参りました」

相手は頭を下げて負けを認めた。

案外に潔いな。権平がほっとした瞬間、背後から別の弟子がいきなり、タンポ槍で突きかかってきた。

権平は跳び退ってあやうくタンポ槍をかわしたが、同時に足を滑らせて床に転がった。それを見て、千草と勘六が、

「兄上――」

「危ない」

と声をかけた。権平は床を滑って転がりつつタンポ槍で突きかかる弟子の向う脛を打ち据えていった。向う脛を打たれた弟子は悲鳴をあげて倒れた。

その間に権平は倒れた弟子を踏みつけて立ち上がった。

それからは試合ではなく、乱闘だった。

権平は突きかかる弟子たちの間を飛び跳ねるようにして、容赦なく打ち据えていった。油塗れの床に足をつかず、倒れた弟子たちを踏み石のように踏んでは杖を振るった。

長柄のタンポ槍は狭い道場の中では突くことしかできず、攻めが単調になる。要領さえ覚えればさほど難しい敵ではなかった。

権平が弟子たちをほとんど倒すのを見ても三右衛門は表情を変えなかった。

やがて最後に残った弟子のひとりを権平が打ち据えると、

「そこまで」

と三右衛門は声をあげた。

師範席に座ったまま、三右衛門は、

「いや、お見事ですな。奥で茶でも進ぜましょう」

とだけ言った。

昨夜の様子では自ら試合相手になるかもしれないと思ったが三右衛門にはその気は無いようだった。

三右衛門は師範席から立ち上がると、

「こちらへ」

と声をかけて奥へ向かい始めた。

権平は戸惑って、千草と勘六に顔を向けた。三右衛門についていくかどうか、権平は迷った。千草も決断がつかぬ様子で首をかしげた。しかし、勘六は指で丸を作って合図してきた。おそらく金になるなら、奥まで行った方がいいということなのだろう。

権平は道場の端に出ると足袋を脱ぎ、杖を千草に渡した。そして、

「では参ろうか」

と言って奥へ向かった。

千草と勘六も従う。


三右衛門が待つ奥座敷にはすでに三人分の膳と酒器が用意されていた。

（茶ではないのか）

権平は用心する気になった。

だが、権平たちが座ると、三右衛門は当然のように銚子を手に酒を勧めた。権平は千草と勘六に、酒は飲むな、と目で合図した。

千草と勘六がうなずくのを見て、権平は三右衛門からの酒を受けた。そして飲み干す振りをして酒を杯洗《はいせん》の中に捨てた。

その様子に目ざとく気づいた三右衛門は、にやりと笑った。

「なるほど、用心深いことでござるな」

三右衛門は手を叩いて弟子を呼ぶと三人に茶を持ってくるように言いつけた。

茶を待つ間に、権平は、

「和田様、父を殺したのは、あなた様でしょうか」

と単刀直入に訊いた。

三右衛門は頭を振った。

「わしではない。しかし、誰が青鳴殿を殺したか知るのは殺したものだけであろうな。闇姫籤は当たった者にしかわからぬゆえな」

「和田様が闇姫籤に加わるのは、やはり藩の剣術指南役になるためでございますか」

権平は重ねて訊いた。

「それもあるが、まずはご城下で町道場を開いているからには、藩の意向は無視できないものだぞ」

三右衛門は意外に率直に言った。

「さようだとは存じますが。それぞれの流派の名誉もございます。闇の始末などを引き受けて流派の名を汚してはなりますまい」

三右衛門ははっはと大声で笑った。

「なるほど、親子は似るものだな。一兵衛殿もさように申して闇姫籤には来なくなった。それからしばらくして一兵衛殿が急死されたということだ」

三右衛門が言い終えたとき、茶が運ばれてきた。権平は三右衛門の言葉について考えながら茶を飲んだ。

千草と勘六も茶を喫した。しばらくして、権平はなおも三右衛門を問い質そうとした。ところが何か言おうとしても舌がもつれて言葉にならなかった。どさりと傍らで音がした。振り向くと千草と勘六が倒れている。

権平は目を瞠った。

(しまった。茶に毒を盛られたか)

そう思ったときには、頭がぼうっとなり、意識が失われていった。その間に三右衛門の笑い顔を見た。

十二

気がついたとき、権平は自分の道場に寝ていた。傍らに千草が横たわっている。すでに朝になっていた。

茶に毒を入れられて、ひと晩中、何もわからず寝ていたらしい。

起き上がった権平はふと勘六がいないことに気づいた。

(勘六は、どこにいるのだ)

いち早く目が覚めてどこかに行ったのだろうか、とも思ったが、それならば何よりも先に権平と千草を起こすだろう。

権平は不安になって千草の肩に手をかけて揺り起こした。

「起きろ、千草、勘六がいないぞ」

千草はようやく目を覚ますと、はっとして起き上がった。乱れた襟元をなおしつつ、

「勘六がいないのですか」

と訊いた。

「そうだ。無事であればよいが」

権平は心配げに言った。

「和田道場に囚われているのではないでしょうか」

千草に言われて、権平は考え込んだ。

「そうであれば、和田道場に乗り込んで取り戻すまでだ。しかし、かどわかしておいて、さようにひと目につくところに置いているであろうか」

権平は眉をひそめつつ立ち上がった。

まだひどく頭が痛んだ。しかし、なぜ三人に眠り薬を飲ませながら勘六だけをさらったのだろうか、と首をひねった。


そのころ、勘六は目を覚ました。縄で体を縛られて座敷に放り込まれていた。

(いったい、どうしたのだろう)

茶に毒を入れられたのだとは察しがついたがそれからのことがよくわからない。権平と千草はどこにいるのだろう、と思った。

もしかして、ふたりはすでに殺されたのではないかと思うと体が震えた。日ごろ、ふたりに生意気なことを口走ってはいるが、権平と千草に守られて、ここまで大きくなったのだということはわかっていた。

（兄上――、姉上――）

せつない思いが胸に込み上げてくる。そのとき、明るい陽射しが差している障子の向こうにひとが立ったのが見えた。

影の様子から見れば女人のようだった。

障子が開けられ、白い着物を着た女人が入ってきた。頭巾を被り、小面をつけている。

闇姫だった。

あたかも能の演者であるかのようにすり足で部屋に入ってきた女人は勘六の前に音も立てずに座った。

「あなた様がわたしたちを捕えたのですか」

勘六が言うと、闇姫は悲しげな声で言った。

「捕えたのは、そなただけじゃ。ほかの二人は茶で眠らせて、そのまま駕籠《かご》で青鳴道場に運ばせた。いまごろは気づいておるころだろう」

勘六は目を瞠った。

「なぜ、わたしだけを捕えたのですか」

「わけはまだ言えぬ」

闇姫はゆっくりと答えた。

「わたしはどうなるのです。殺されるのですか」

勘六はおびえながら訊いた。

「いや、そなたには栄耀栄華の暮らしが待っているのだ。その方が貧乏道場で食うや食わずに暮らすのより、よほど幸せというものであろう」

闇姫は楽しそうに言った。しかし、勘六は激しく頭を振った。

「嫌だ。そんな栄耀栄華など欲しくはない。わたしは貧乏道場を切り盛りするほうが性に合っているのです」

闇姫は何も言わずに立ち上がった。部屋を出ていきかけた闇姫はふと振り向いて、

「いまはあの貧乏道場が懐かしかろうが、いずれあの道場でのことは忘れてもらわねばならぬ」

と言い残した。

勘六は呆然として、障子に映った闇姫の影が去っていくのを見つめるばかりだった。


権平と千草は和田道場に行ったが、三右衛門は会おうとはしなかった。

ただ、弟子たちが、権平たちは出された酒で酔いつぶれたゆえ、駕籠で青鳴道場に送り届けたというばかりだった。

やむなく引き揚げた権平と千草は道場で話し合った。

権平は腕を組んでうなった。

「しかし、弱ったな。勘六はわが家の軍師だったから、あいつがおらぬといい知恵が出てこぬな」

千草もため息をついた。

「日ごろから、勘六に頼り過ぎました」

「そうだな、飯を炊いたり、味噌汁をつくるのも、勘六が一番うまかったからな」

権平がうっかり口にすると、千草はきっとなって睨んだ。

「それはわたくしが飯を炊くのも、味噌汁をつくるのも下手だということですか」

そうではないか、と言おうとして権平は危うく踏みとどまった。

「そんなことはない。男にしてはうまいということだ。千草の飯や味噌汁には別のよさがあるではないか」

権平が懸命に言うと千草は機嫌を直した。そして、

「兄上、このことは柿崎源五郎様に頼ってみてはどうでしょうか」

「あのひとは敵方だぞ」

権平は顔をしかめた。

「ですが、和田道場でどんな仕掛けが待っているかを教えてくれました。あのとき、もし教え

てもらえなければわたくしたちはどんな目にあっていたかわかりません」

千草は考えながら言った。

言われてみれば、源五郎には敵か味方かわからないような妙なところがある。ほかに手がないからには、当たってみようか、と思った。

「わかった。これから、柿崎道場に行ってみよう」

権平が立ち上がると、千草も腰を浮かせた。

「わたくしも参ります」

「いや、そなたはここにいてくれ。柿崎殿が何か話してくれるかどうかわからぬ。あるいは無駄足かも知れぬのだ。それよりも道場に勘六のことで何か報せが入るかもしれぬではないか」

千草が承知すると権平は柿崎道場へと向かった。


柿崎道場の前まで来ると、相変わらず弟子で繁盛しているようだった。

権平が訪いを告げると、先日、道場破りに来たときにもいた弟子が出てきて、また来たのか、とぎょっとした顔になった。

権平はそれに構わず、柿崎様にお会いしたい、と弟子に頼んだ。弟子は渋々、奥に取り次いだ。しばらくして戻ってきた弟子は落ち着いた表情で、

「先生がお会いになります」

と言った。

権平が奥に案内されて待っていると、ほどなく源五郎が煙草盆を手に出てきた。

「どういう風の吹き回しだ。おおかた、和田道場で手痛い目にあったのだろう」

源五郎は煙管《きせる》に煙草を吸いつけながら言った。

「道場破りはうまくいきましたが、その後でおっしゃる通り、まことに手痛い目に遭いました」

「ほう、どんな目にあったのだ」

源五郎は興味深げに訊いた。

「試合の後で出された茶に眠り薬を盛られました」

「ほう、そういうことか。ならば、腕の一本や二本、叩き折られるはずだが、元気そうではないか」

源五郎はじろじろと権平を見た。

「わたしは無事でしたが、勘六の行方がわかりません。おそらくかどわかされたのではないかと思います」

「勘六とはあの小生意気な小僧か。はて三右衛門は何の狙いでそのようなことをしたのであろうか」

源五郎はしばらく考えこんだが、ふと手を叩いた。

「そうか、あの一件が動き出したのか」

「一件、とはどういうことでございましょうか」

権平が訊くと、源五郎は鋭い目になって口を開いた。

「その前に訊いておこうか。勘六という小僧はそなたや、姉と年が離れておるな」

権平は目をそらせた。

「両親が年をとってから生まれましたので」

源五郎はひややかに言った。

「そうではあるまい。あの勘六という小僧は青鳴一兵衛殿の実の子ではあるまい。おそらくひとから預かって養子に迎えたのであろう」

権平は額に汗を浮かべた。そのことは決してひとに漏らすな、と厳しく言われていたのだ。

権平は勘六がわが家にやってきた日のことをよく覚えている。

勘六はまだ赤子だった。

その日、父は何度もあわただしく屋敷を出入りしていた。権平には詳しいことはわからなかったが、家中でもめ事があり、そのことで門人たちから相談を受けていたのだ。

父は門人たちを助けて、時には剣を振るっていたようだ。

その御家騒動が父の門人たちの勝利に終わったかどうかはわからない。ただ、ある日、父は赤子を抱いて戻ってきた。

そして、母に赤子を見せながら、

「すべては終わった。この子はわが家で育てることにする」

と告げた。子供が好きな母はすぐに赤子を受け取って世話を始めた。

千草は母から勘六がもらい子であることを聞かされたらしい。ただ、勘六が家中の騒動と関わりがあることを知っているのは権平だけだった。

権平が黙り込むと源五郎は煙草を吸いながら、

「どうだ。勘六を助けるためにわしを雇わぬか」

と言った。

「あなたを雇うのですか。そんな金はありません」

権平はあわてて頭を振った。

「いや、金ではない。〈神妙活殺〉をわしに伝授しろと言っておるのだ」

「〈神妙活殺〉をですか」

権平は苦い顔をした。

「そう嫌そうな顔をするな。〈神妙活殺〉を使えれば、いずこかの藩に潜り込むことができるのは明らかだ」

「柿崎様はこの藩に仕官するつもりで闇姫籤に加わっておられたのではないのですか」

権平はたしかめるように訊いた。

「それはそうだが、なにせわしは素行が悪いゆえ、藩の師範の座はちと難しかろうとは思ってきた」

評判の悪い素行とは何なのだろう、と権平は源五郎の顔を見た。源五郎は声を低めて言った。

「わしはな、家中の者たちに金を貸しているのだ。初めは少しだけだったが、しだいに大きくなって、いまでは本職の金貸し同然だ。取り立てもやってきたから家中での評判は悪いに決まっておる」

「そういうことでしたか」

「だから、〈神妙活殺〉をわしに教えろと申しているのだ。わしは〈神妙活殺〉を金に換える術を知っているからな」

源五郎に強く迫られて権平は迷った。しかし、勘六を救うためならやむを得ぬと腹をくくるしかないようだった。

「わかりました。御願いいたします」

権平が言うと、源五郎はにこりとした。

「よし、それなら、まかせておけ。勘六が囚われておる場所もおよそ見当はついておるのだ」

「勘六はどこにいるのですか」

「城下のはずれに紅葉《もみじ》が池という池があるだろう。あの池のそばに、殿のご側室であったが実家へ戻られた小篠《こしの》の方の屋敷がある。勘六はおそらく、そこに囚われているであろうよ」

源五郎は自信ありげに言った。

「まさか、元ご側室の小篠の方が――」

権平が言いかけると、源五郎はにやりと笑った。

「そうだ。闇姫様とは小篠の方のことだ」

十三

翌日――

夕刻になって権平と千草は紅葉が池に出かけた。

ふたりとも手拭で頰被りをしている。千草は藍染めに霰《あられ》模様を散らした手拭をきりりと締めて、歌舞伎の道行きのような風情だが、権平は擦り切れたうえに煮しめたような手拭を被り、こそ泥にしか見えない。

紅葉が池に近づいたころ、千草は、ふと足を止めて、頰被りなどしては、かえって怪しまれるのではないか、と言ったが、権平は、

「仮にも元ご側室の小篠の方の屋敷に忍び込むのだ。それくらいの用心はいる」

と厳かに言った。

手拭で頰被りすることが、どれほどの用心になるのだろう、と千草は思ったが、それ以上は

言わなかった。

頬被りして正体を隠せるかどうかはともかく、権平がそれほどまで懸命になって勘六を助け出そうとしていることはわかったからだ。

「それにしても兄上、まことに小篠の方が闇姫様なのでしょうか」

「柿崎殿はそう言った」

権平は自信ありげに言った。

「とは言え、柿崎様もだまされているかもしれません」

「それは、そうだが」

とたんに権平は気弱な声を出した。

「小篠の方の屋敷に行けば、罠が仕掛けられているのではないでしょうか」

千草が言うと、権平は、うーん、とうなりながら考えてから、

「それはないと思う」

と思いのほかきっぱり言った。

「なぜでしょうか」

「わたしたちは、すでに和田道場で眠り薬を飲まされるという罠に落ちた。もし、わたしたちを殺す気ならできたはずだ。それなのに見逃したのだから、もう一度、罠を仕掛けてもしかたがないだろう」

「そんな気もしますが」

権平の言っていることは、あやふやに過ぎるとは思ったが、いまのところ、そんな風に考えるしかない。

千草は、ため息をつきつつ、

「わかりました、兄上、参りましょう」

と言った。

ふたたび千草が、歩み出すと権平は却って不安になったらしく、歩きながらも、これでよかったはずだ、いやどうだろう、そうは言ってもなあ、とぶつぶつ口の中でつぶやいた。

権平のつぶやきに千草は耳を貸さなかった。何かを決めた後、ためらいだすのはいつもの権平の癖だからだ。

「兄上、参りましょう」

千草がきっぱりとうながすと権平はこくりとうなずいて足を速めた。それからは黙々と歩き続け、迷う様子も消えていった。

紅葉が池のそばには大きな武家屋敷があった。しかし、まわりは町家がひしめいており、この武家屋敷だけが異質だった。

「あの屋敷でしょうね」

迷いようがない、と思って千草は言った。

「そうだな」

権平は応えるなり、門には向かわず、築地塀に沿って歩き出した。

庭の松が塀越しに見えた。

すでにあたりは夕闇に包まれ始めている。

屋敷のまわりをぐるりとまわって元の門の前に出てきた権平は辟易したように、

「広い屋敷だな」

と言った。

「裏門をたしかめられたのですね」

千草が口にすると、ぼんやりした顔で権平は、ああ、とつぶやいた。そしてあたりを見まわしたかと思うと、路地に入って築地塀に手をつき、腰をかがめた。

「千草、わたしの背中にのって塀を越えろ」

千草は戸惑った。

「よろしいのですか」

「いいから早くしろ、ひとが来る」

はい、と応えて千草は素早く権平の背中に足をかけて築地塀をよじ登った。千草が塀の向こうに姿を消すと、権平はあたりをうかがった。

そして築地塀に手をかけると、意外な身軽さでひらりと登った。築地塀の上であたりを見まわした後、敷地内に飛び降りた。

庭木の陰に身をひそめていた千草に、権平は、

「参るぞ」

と低い声で言った。千草も声をひそめて訊いた。

「兄上、勘六がどこにいるかおわかりになるのですか」

「そんなものは、わからん。勘でいくだけだ」

当てがないのだ、と聞いて千草は驚いた。

「それでは見つからないではありませんか」

「何とかなるのではないか」

権平は頼りなげに言った。千草は疑わしげに言葉を続けた。

「どうしてそう思われるのです」

「わたしたちはきょうだいだからな」

だから見つかるはずだ、とまでは言わずに権平は足音をしのばせて奥へ進み始めた。

権平が言った、きょうだいだからな、という言葉が千草の胸を温かくしていた。権平はきょうだいである自分たちは深いところで結び合っていると信じているのだ。

千草はいつになく権平に頼もしさを感じて黙って後をついていった。権平は奥庭にまわると庭木の陰に身を潜めた。

手燭を持った女が広縁を奥に向かって進んでいた。白い着物を着て頭巾をかぶり、小面をつけている。

女の姿を見た瞬間、権平は庭木の陰から飛び出し、広縁に駆け上がった。千草が止める暇もない敏捷な動きだった。

権平は広縁に跳び上がるなり、脇差を抜いて、女の小面に斬りつけた。小面が真ん中から縦に割れて広縁に落ちた。

小面をつけていた女の顔が現われた。

権平ははっとして女の顔を見つめた。色白で鼻筋が通った美しい顔だったが、右のこめかみから頰にかけて無惨な切り傷があったのだ。

権平は息をととのえてから、押し殺した声で、

「小篠の方様でございますな」

と言った。広縁のそばにかけつけた千草も目を瞠った。

小篠の方は、ふふ、と笑った。

「この顔を見れば、わたくしがもはや殿のおそばに仕えることはできぬのはわかろう。いまのわたくしは闇姫じゃ」

「わたしたちの用件はおわかりでしょう。弟の勘六を返していただきに参りました」

権平が言うと、小篠の方はつめたく笑って応える。

「弟じゃと、そなたたちと勘六とやら申す者は血がつながってはおるまい」

権平はためらわずに言い返す。

「血がつながらずとも、心がつながっておればきょうだいにございます。勘六がわたしの弟であることに間違いはございません」

小篠の方はじっと権平を見つめた。

「血がつながらずとも心がつながればきょうだいだと申すのか」

「父親と母親の心がつながって、子は生まれます。されば、心が通じ合う者は家族にございましょう」

言い放った権平は脇差を小篠の方に突きつけた。小篠の方は動じる気配もなく、静かに口を開いた。

「そなたたちは、この屋敷に何の備えもない、と思っているのか」

言うなり、小篠の方は帯に挟んでいた鈴を取り出して、

——ちりん
と鳴らした。すると、中庭に音もなく五人の武士が現われた。中のひとりは熊谷鉄太郎だった。

鉄太郎は権平を見てにやりとした。

「この間は油断したゆえ、不覚をとったが、今夜はそうはいかんぞ」

鉄太郎はいまにも斬りかかる気迫を見せて、刀の柄に手をかけた。千草も刀の柄に手をかけて身構える。

その様を見た権平は哀しそうに、

「やはり、勘六をただでは返していただけないのですね」

と言った。すると、小篠の方は、

「いや、さようなことはない。勘六様に会わせてやろう」

とあっさりと言った。

鉄太郎が驚いて、

「闇姫様――」

と声をかけた。小篠の方は振り向きもせずに、

「そなたたちはここにて控えよ」

と言うなり、権平についてくるよううながした。権平は脇差を鞘に納めてついていく。千草も広縁に上がって従った。

小篠の方は広縁の角を曲がって、さらに奥へ向かった。そして小さな部屋に入った。

権平と千草は小篠の方に続いて部屋に入る。

千草が、あっと声をあげた。部屋の真ん中で勘六が膳に向かい飯茶碗を手に食事をしていたからだ。

勘六もまた、あっと声をもらしたが、飯茶碗と箸は持ったままだ。

小篠の方は勘六の傍らに座って、

「空腹じゃということであったから、食膳を用意させた。貧乏道場では満足な食事もできなかったであろう。哀れなことよ」

と言った。権平は食膳に尾頭付きの鯛がのっているのをちらりと見てから座って口を開いた。

「勘六、もう十分食べたであろう、帰るぞ」

権平に言われて、勘六はあわてて箸と飯茶碗を置いた。

「はい、兄上」

勘六が神妙に応えると、小篠の方はほほ、と笑った。

「何を言われる。勘六様は、これから坪内藩四万八千石の世継ぎとなられる身じゃ。もはや、帰るところはお城しかありませんぞ」

坪内藩の世継ぎと聞いて権平はうなるような声で、

「どういうことだ、勘六——」

と訊いた。勘六はもじもじしてから、

「実はそういうことらしいのです。わたしは藩主の箭内信貞様のご側室、お初《はつ》の方様が産んだ子なのだそうです」

と言った。

権平と千草は息を呑んだ。

十四

小篠の方はゆっくりと話し始めた。

「ご正室お江与《えよ》様は気性が激しく、ご側室を目の仇にされてきた。十三年前、奥では殿のご寵愛を一身に受けるお初の方様と、すでにご嫡男の松丸《まつまる》様を産まれていたお江与様が競っておられた。わたくしはお初の方様につかえる侍女であった。そんな中、お初の方様は身籠られたが、城中ではいつ毒を盛られるかわからぬということで、お宿下がりを願われ、ご実家で赤子を産まれたのじゃ」

「それが勘六だというのですか」

権平はううむ、とうなりながら訊いた。

「そうじゃ。ご実家ではお初の方様の身を守るために知人の剣客とその門人たちに頼んで屋敷の警護をしてもらったそうじゃ。その剣客が青鳴一兵衛、すなわち、そなたの父じゃ」

「父上が」

権平は息を呑んだ。

「何度かお初の方様のお命を狙って襲う者があったが、青鳴一兵衛と門人が退けた。そのおかげでお初の方様は無事に赤子を産まれ、竹丸様《たけまる》と名づけられた。ところが、間もなく城下で大火があり、その火がご実家に及んで、お初の方様は火に巻かれて亡くなられたのじゃ」

小篠の方は無念そうに言った。権平は緊張した表情になった。

「十数年前、城下で大火があったのは覚えております。父が赤子を連れ帰ったのは、あのころであったような」

「その赤子が竹丸様、つまりは勘六様であったということじゃな。火事のとき、ご実家は焼け落ち、お初の方様始め、ご両親や女中たちの亡骸《なきがら》が焼け跡で見つかったが、竹丸様の行方はわからなかった」

昔を思い出しながら小篠の方が言うと千草が口を開いた。

「なぜ、父は竹丸様をわが家に連れてきたのでしょうか」

小篠の方は頭を横に振った。

「わからぬが、火事に乗じて、お江与様の手の者がお初の方様を襲い、青鳴一兵衛が竹丸様を救って自分の屋敷に連れ帰り、わが子として育てたのかもしれぬ」

首をかしげて小篠の方は言った。権平が腕を組んで小篠の方を睨み据えた。

「しかし、それなら、なぜいまになって勘六が竹丸様だとわかったのです。父が竹丸様を連れ帰ったことは誰も知らないはずではありませんか」

小篠の方はうなずいた。

「いかにも、わたくしは知らなかった。しかし、お江与様は知った。それゆえ、青鳴一兵衛を殺めたのじゃ。こうしてお会いしてみればお初の方様によく似ておられる。まぎれもなく竹丸様じゃ」

「なんと」

権平は驚きの声をあげ、千草は身を乗り出して、

「それはまことですか」

と訊いた。勘六もさすがに口をはさんだ。

「父上はわたしのために殺されたというのですか」

小篠の方はうなずく。

「青鳴一兵衛は竹丸様を自らの子として育て、もはや出生の秘密も明かさぬつもりになっていたのであろう。しかし、お江与様が産んだ松丸様、いまでは元服されて新之助信春《しんのすけのぶはる》とお名のりじゃが、ご世子様が数年前から病で臥せっておられる」

勘六がぽかんと口を開けた。

「ご世子様はわたしにとって母は違っても兄上にあたられる方ですね」

小篠の方はうなずく。

「さようじゃ。おそらくご世子様は労咳《ろうがい》であろう。もはやお命はいくばくもない、というのが医者の診立てのようじゃ」

「そんなにお悪いのですか」

勘六はため息をついた。

「それゆえ、お江与様は何としても、あなた様の命を縮めようと企んでいるのです。ご世子様亡き後、お江与様はご親戚筋から自分に都合のよい養子を迎えるつもりなのです。あなた様が殿の血を引く子として名乗り出れば、いまもお初の方様を忘れておられない殿様はきっとご世子になさるはずじゃ」

権平はうかがうように小篠の方を見た。

「ですが、なぜ、わたしたちの父を殺めたのです。父は竹丸様を救った功労者ではありませんか」

小篠の方はゆっくりと頭を振った。

「わたくしの知らぬところで何者かが謀《はか》ったことなのだ。おそらく青鳴一兵衛殺しの罪をわたくしになすりつけるためじゃ」

勘六が納得がいったようにうなずいたが、権平は疑念が消えない様子でなおも質した。

「では、なぜ、わたしたちに眠り薬を盛るなどしたのです。それよりも最初から勘六が竹丸様だと話してくれればよかったではありませんか」

「そんなことをすれば、わたくしたちの動きがお江与様に悟られてしまい、勘六殿の命が危うくなったであろう」

小篠の方は静かに言ってから、さらに言葉を継いだ。

「わたくしはお初の方様が亡くなった後、殿の側室となった。奥に入ったおり、お初の方様の無念を晴らしたいと殿様にも申し上げた。それゆえ、宿下がりのおりに、竹丸様の行方を捜そうとした。すると、それを察したお江与様の手の者に襲われて、かように顔の傷を負ったのじゃ」

小篠の方はそっと傷跡を指でなでた。千草はその様を見かねるように顔を伏せた。

勘六が痛ましげに言った。

「それで、闇姫様になられたのですね」

寂し気に小篠の方は笑った。

「顔に傷を負った女子がふたたび奥に入ることはかなわぬ。わたくしは自害いたそうかと思ったが、殿様が憐れんでくださり、この屋敷を与えられ、さらに剣術指南役の羽賀弥十郎殿に命じて、わたくしのまわりに城下の剣術道場主を集めてくださった。お江与様の手先からわたくしの身を守るためであったが、竹丸様の行方を捜す手先とする含みもあったのじゃ」

権平はううむ、とうなった。

「父上はそのおりになぜ勘六のことを打ち明けなかったのでしょうか」

「わからぬ。わたくしは何度かお初の方様が亡くなられたときのことを青鳴に訊ねたが、何も知らぬ、と言うばかりであった」

小篠の方が言うと、勘六はぽんと膝を叩いた。

「わかりました。これ以上は考えても無駄なようです。わたしはこれから兄上たちとともに家に戻ります」

勘六の言葉を聞いて、小篠の方は激しく頭を振った。

「なりませぬ。お江与様はわたくしがあなた様のことを知ったとすでに察しておられましょう。さすれば、あなた様に討手が差し向けられます。この屋敷にいなければお命が危ないのでございます」

勘六は笑った。

「いや、ここにいた方が危ないと思います。わたしがあなた様のもとにいれば、お江与様はすぐにでも殺そうとするでしょう。しかし、家に戻れば、わたしが世子になろうとしていないと思って手をゆるめるのではありませんか」

勘六の言葉を聞いて、小篠の方ははっとした。勘六はさらに話を続ける。

「それに、この屋敷を守っている者たちよりも兄の方が腕が立ちますから。ただし、三回に一回ですが」

勘六が三回に一回と言ったとき、権平はじろりと睨んだ。しかし、さすがに小篠の方の前だけに頭をこつんとするわけにもいかず、憮然として黙った。

勘六はさらに調子にのって話を継いだ。

「それでも、心配だということでしたら、三十両ほどわたしに貸していただけませんか。先ほどからのお話では殿様から十分なお手当金が出ていると拝察しました」

困惑しながら小篠の方は答える。

「お金は差し上げてもかまいませぬが、何に使われるのでしょうか」

勘六は平然と答える。

「用心棒を雇うのです」

小篠の方は目を瞠った。

「用心棒ですと？」

勘六は得意げに説明した。

「はい、これまで道場破りをしてきて、わたしたちの味方になってくれそうな方がわかりました。尾藤道場の由梨様と心影流の戸川源之亟様です。なにしろ、兄は三回に一回ですから、由梨様と源之亟様がいてくだされば、万全です」

「たとえ、ふたりがどれほど腕が立とうと、やはりあなた様を危うい目に遭わせるわけには参りません」

小篠の方は頭を横に振った。すると、千草が膝を乗り出した。

「さように言われますが、勘六の申す通り、この屋敷にいる方が危ないと思います」

「なぜ、さようなことを」

眉をひそめて小篠の方が問い返すと、千草ははっきりした口調で答えた。

「先ほどまでの話をうかがっておりますと、闇姫様のまわりには、おそらくひそかにお江与様に通じる裏切り者がいると思われるからです」

「なんと」

小篠の方は顔を強張らせた。千草は静かに話を続ける。

「わたくしたちの父が闇姫様から竹丸様のことを問われながら答えなかったのは、闇姫様のそばに裏切り者がいるのを察したからだと思われます。その者は父を見張り、ついには闇姫様の名を騙《かた》って殺めました。あるいはそのことについて何かを知っていたかもしれない尾藤一心様もわが流派の秘技である〈神妙活殺〉を使ったかのように見せかけて殺されました。わたくしたちは見えない敵と戦っているのです。それだけに、この屋敷にいては危ないと思います」

小篠の方はしばらく考えてから訊いた。

「裏切り者は誰だと思いますか。いま、わたくしのもとにいるのは、柿崎源五郎と熊谷鉄太郎、和田三右衛門の三人だけです」

「さて、それは――」

千草が眉をひそめて考え込むと、権平は身じろぎした。

「わたしが話してもよろしいですか」

小篠の方と千草、勘六は権平が何を言うのだろうかと見つめた。権平は頰を赤らめて口を開いた。

「怪しいのは羽賀弥十郎様だと思います」

小篠の方は息を呑んだ。

「羽賀殿が裏切者だというのですか」

権平はうなずいた。

「わたしは道場破りで柿崎殿と立ち合い、和田殿の門弟たちの腕前も見ました。門弟を見れば師の力量はわかります。また、熊谷殿とも剣を交えました。いずれもさすがに道場主たる腕前ですが、たとえ闇討ちとはいえ、わたしの父を倒せたとは思えません。父は昔、羽賀様と道場で立ち合い、互角だった、と話しておりました。父を殺めるほどの腕を持つのは羽賀様だけでしょう」

勘六がぽんと膝を叩いた。

「なるほど、さすがは兄上です。よく見抜かれました。しかし、そうだとすると、羽賀弥十郎というひとは裏切り者というより、もともとお江与様についていたのではありませんか。お初の方様を襲った曲者も羽賀弥十郎かもしれませんね」

権平はにこりとした。

「どうやら、何が起きているのかが見えてきたようです。これ以上、ここにいてはいつ、お江与様の手の者に襲われるかわかりません。勘六ともども帰らしていただく」

権平はきっぱり言うと立ち上がった。

小篠の方は目を閉じて何も言わず、権平たちを止めようとはしなかった。


権平は勘六、千草とともに屋敷に戻った。

門をくぐるなり、勘六が、

「しまった」

と舌打ちした。

権平が振り向いて、どうした、と問うと、勘六は情けない顔になって、

「せっかく三十両借りる話をつけたのに、もらってくるのを忘れました」

なんだ、そんなことか、と言って権平は玄関から上がると廊下を通り、座敷に入った。

権平は刀架けに両刀を置くなり、畳の上に大の字になった。

「やれやれ、とんだ苦労をしたが、勘六を取り戻せて、まずはよかった」

千草がかたわらに座って、あきれたように権平を見た。

「兄上、とりあえず、勘六を連れ戻しただけではありませんか。まだ、何もかたづいてはおりません。さように呑気にされては困ります」

千草に言われても、権平は、気にする風もなく、

「父上の仇の見当もついたのだ。いまのところ、それでよしとすればよいではないか」

と言うなり、鼾《いびき》をかいて寝てしまった。

千草はしかたのないひとだ、という目で権平の寝顔を見ると、奥から布団を持ってきて、寝ている権平にかけてやった。

そして、なんとなくぼんやりしていた勘六に顔を向けた。

「勘六、どうしました。やはり、出生のことを聞かされて、驚いたのでしょう」

勘六は首をひねった。

「驚くのは、驚いたのですが、何だかどうでもいい、遠いことのような気がしてしまいます」

「遠いことのような気がするのですか」

千草はやさしく勘六を見つめた。

「はい、闇姫様から実は殿様の子だと言われたときは、仰天しました。これからどうしようかと思いましたが、今夜、兄上に会ったとき、そんなことはどうでもよいと思えたのです」

「どうしてそう思えたのでしょう」

「わかりませんが、兄上に会ったとき、兄上は本当にわたしを心配して慈《いつく》しんでくれているとわかりました。会ったこともない血縁のひとのことを考えるより、ともに生きて慈しんでくれるひとの方が大切だと思ったのです」

千草は微笑んだ。

「本当に、兄上はわたくしたちを大きな気持ちで慈しんでくれていますからね。〈神妙活殺〉

は三回に一回しかできないひとですが」

勘六は膝に手を置いて顔を前に突き出した。

「姉上、わたしは三回に一回できれば十分ではないかと思えてきました」

「そうですね。十分ですね」

千草と勘六は寝ている権平を見ながら、くすくす、と笑った。

十五

翌日の昼過ぎ、青鳴道場をふたり連れの男女が訪れた。

玄関先での訪いの声に応じて出た千草はふたりを見て目を丸くした。

尾藤由梨と戸川源之亟だった。

由梨は袱紗《ふくさ》の包みを手にしており、丁寧に頭を下げ、あらためて先日、一心の葬儀に出てくれた礼を言った後、

「思いがけない言付かりものがありまして、本日は参りました」

と言った。

「言付かりものでございますか」

千草が思わず訊き返すと、由梨は傍らの源之亟をちらりと見た。源之亟はおもむろに、

「さよう、わたしも同じことをさる御方から頼まれたのです」

と言ったが、それ以上は奥で話したいと目で告げた。

千草はうなずいて客間へとふたりを案内した。千草が茶を支度している間に、権平と勘六が客間に出た。

あいさつもそこそこに、由梨は袱紗の包みを権平の膝前に置いた。

「これは何でございますか」

権平がのんびりした声で訊くと、由梨はため息をついて答えた。

「金子でございます。三十両ほどあるかと存じます」

勘六が、あっと声を上げるなり、飛びつくようにして袱紗の包みを開けた。中には確かに小判が数十枚あった。

「こら、勘六、はしたないぞ」

権平は叱りながらもちらりと小判に目を遣った。勘六は袱紗ごと小判をそっと手元に引き寄せながら、

「兄上、これはおそらく闇姫様からのものだと思います。だとすると、わたしがお借りした金子だということになります」

と力強く言った。

権平が黙り込むと、由梨が苦笑して口を開いた。

「まことにさようです。今朝がた、和田三右衛門様がわが家に戸川様と同道して見えられました。そしてこの金子はわたしと戸川様が青鳴勘六様の用心棒として雇う金だから、届けてくれ、と申されたのです。何のことやら、さっぱりわけがわかりませんでしたが、和田様は金子を押し付けて帰られましたので、やむなくお持ちしたしだいです」

勘六はうなずいて、

「この金子はわたしが闇姫様からお借りしたものです。由梨様と戸川様にわたしを守っていただきたいのですが、ただし、お支払いするのは、それぞれ十両にしようと思っておりました」

とふたりをうかがい見ながら言った。

権平がごほんと咳払いしてから、口をはさんだ。

「勘六、お前はいったい何を言っているのだ。さような勝手なことを言ってはおふたりが戸惑われるではないか」

勘六は権平に顔を向けて口をとがらせた。

「兄上、和田道場ではせっかく道場破りをしながら金子がもらえなかったのを忘れておられるのではありませんか。おふたりに二十両渡して、残る十両はわたしたちの暮らしのために使うのです」

権平はため息をついた。

「わが弟とも思えぬ吝嗇《りんしょく》だな」

勘六は憤然とした。

「吝嗇で申しているのではありません。生きていくための知恵なのです」

権平と勘六が言い争うのを見て、源之亟があわてて言った。

「待たれよ。さようにきょうだいで言い争われては、わたしたちが困ります」

そのとき、茶碗を盆にのせて持ってきた千草が、

「兄上、さようなことより、おふたりにすべてを打ち明けて助けていただいた方がいいのではありませんか」

と権平に顔を向けて言った。

権平はうう、とうなった後、

「それでは、関わりのないおふたりに迷惑がかかる」

と低い声で言った。

由梨が首をかしげた。

「何が起きているのかわかりませんが、わたしは祖父を殺されました。関わりはあると存じますから、話していただいた方がよいと思います。お聞かせくださいませんか」

源之亟もゆっくりと茶を喫してから、

「わたしも何が起きているのか、知りたいと思います。どうやら城下の剣客が皆、関わっておるようです。わたしも剣術道場をこれからもやっていくためには知っておかねばなりません」

と言い添えた。

権平が大きく吐息をついて話し始めようとしたとき、勘六が膝を乗り出した。

「これはわたしの身の上に関わることですから、わたしから申し上げます」

勘六はためらうことなく、和田道場で眠り薬を飲まされ、闇姫と名のる女人のもとにさらわれたことから話し始めた。

自分が十三年前、亡くなったご側室お初の方が産んだ竹丸であるらしいことや、闇姫はご側室小篠の方であり、正室お江与様との間で争いがあり、行方知れずの自分を捜していたことなども話した。

由梨と源之亟は、勘六の話を聞くうちに驚愕の表情を浮かべた。勘六が話し終えると、ふたりは異口同音に、

「信じられぬことです」

とつぶやいた。

勘六は大きく頭を縦に振った。

「まったくです。何しろ、本人のわたしが信じられないことですから」

勘六の言葉を聞いて由梨は微笑した。

「わたくしが信じられないと申したのは、そんな出生の秘密を知ってもなおあなた方が兄弟としてゆるぎなく振る舞われていることです」

由梨に続いて源之亟も笑いながら言った。

「いまもおふたりは兄弟喧嘩をされていた。血がつながらず、まして殿のお血筋だと知れば遠慮が出るのが当たり前だと思いますが、さような素振りがないのが不思議です」

勘六は首をかしげて権平を振り向いた。

「兄上、世間では血がつながらねば遠慮するのが当たり前なのでしょうか」

権平はのっそりと答える。

「世間のことは知らん。ただ、お前がわたしの弟であることは断じて変わらん。たとえ、お前がお城に戻ることになったとしてもだ」

城に戻ると言われて、勘六は目を丸くした。

「何を言われるのです。わたしは城に戻ったりはいたしません。ずっとここにいます」

権平はそっぽを向いて言葉を続けた。

「城に戻れば、何と言っても若君様だ。贅沢ができるぞ。それなのにこの貧乏道場にいるというのか」

「貧乏道場だからいるのです。わたしがいなければ、兄上たちは暮らしていけないではありませんか」

勘六が胸を張って言うと、権平の頬がゆるんだ。

「そうか、ならばよい。これからも道場のために吝嗇に励め」

だから、吝嗇ではありません、と勘六は言いかけたが、由梨や源之亟の笑い声に消されてしまった。

千草はにこにことして権平と勘六を見ている。


笑い終えてから、由梨は権平に顔を向けて、

「それで、わたしたちは何をすればよろしいのでしょうか」

と訊いた。

権平は頰を染めて言った。

「わたしたちを助けてくださいますか」

由梨はうなずいた。

「青嗚様をお助けすることが祖父の仇討になるかと思いますので」

源之亟も続いて、

「わたしも城下の剣術道場主のひとりとして見て見ぬ振りはできません。ただし、道場がありますから、毎日、こちらの警護に参るというわけにはいきませんが」

と言った。

権平は大きく頭を縦に振った。

「もちろんです。わたしは、藩の剣術指南役の羽賀弥十郎様が父を殺めたのではないかと疑っ

ております。いずれ羽賀様のもとに乗り込もうと思っておりますが、われらきょうだいだけではちと心細いので、同行していただければ助かります」

　権平の言葉を聞いて由梨はにこりとした。

「それでよければお安い御用です」

　源之亟も深々とうなずいた。

「わたしもともに参りましょう。もし、羽賀様がご自分を守るために武士にあるまじきやり方をなされば見過ごしにはできませんから」

　源之亟の言葉を聞いて、権平が、なるほど、さようなこともあり得ますな、とつぶやいていると、勘六が身を乗り出した。

「それで用心棒代のことですが」

　勘六が問いかけると、由梨は微笑した。

「わたしは祖父の仇討ができるだけで十分です。金子はいりません」

　由梨の答えを聞いて顔を輝かせた勘六は源之亟に問いたげな眼差しを向けた。

　源之亟は少し考えてから、

「わたしも金子はいりませんが、できるならまことの〈神妙活殺〉を伝授していただきたい」

と言った。

　権平が、返事をする前に勘六が声を高くして、

「承知いたしてございます」

と告げた。

権平はうう、とうなったが、何も言わない。勘六は三十両を吐き出さないですむ目途がついて、にこにこ顔になった。


数日後――

権平が千草と勘六とともに道場の床の拭き掃除をしていると、玄関から訪いを告げる男の声がした。

勘六が出ていこうとしたが、権平が、

「待て、わたしが行く」

と止めた。

お江与様の手の者が襲ってくるかもしれない、と思ったからだ。権平は刀架けから脇差だけをとって腰に差すと玄関に向かった。

玄関に出てみると、羽織袴姿の大柄な総髪の武士がひとりだけで立っていた。額が広く太い眉、高い鼻で顎が張り、目が鋭かった。

権平は式台に座って、

「どちら様でございましょうか」

と訊いた。

男は底響きのする声で答えた。

「それがしは藩の剣術指南役を務める羽賀弥十郎と申す。こちらの道場の先代、青鳴一兵衛殿とは若いころ、何度か稽古で立ち合ったことがござる。ひさしぶりに神妙活殺流の手の内を見てみたくなって参上いたした。お手合わせを願いたい」

男が羽賀弥十郎と名のった時から、権平は青ざめて弥十郎の顔を食い入るように見つめてひと言も発しなかった。

弥十郎はにやりとして訊いた。

「どうされた。青鳴殿は近頃、城下の剣術道場を訪ねては道場破りをされていると聞いた。よもや自分のところに来た道場破りを追い返したりはなさらぬであろうな」

弥十郎の声に嘲りがあるのを感じ取って権平は顔を赤くした。

「お相手いたす。上がられよ」

権平はぽつりと言って、弥十郎に背を向けて道場へ向かった。弥十郎は悠然と式台に上がると、権平の後からついてくる。

道場に入った権平は千草と勘六に小声で、

「羽賀弥十郎が道場破りに来た。いまから立ち合うぞ」

と告げた。

千草と勘六は目を瞠った。何か言おうとしたが、道場の入口から入ってきた弥十郎を見て口をつぐんだ。

ふたりは緊張した顔つきになり、板壁を背にして控えた。

弥十郎は羽織を脱ぎ、刀架けに両刀を置くと、木刀をとって道場の真ん中に出てきた。木刀を手になじませるためか、数度、素振りをした。

木刀が風を切る音が響いた。その響きだけで、弥十郎が凄まじい剣技の持ち主であることが伝わってくる。

これに対して、権平はいつものように木刀を不器用に握っただけで、ぼんやりした顔つきで立っている。

その姿を見た勘六が小声で千草に訊いた。

「姉上、大丈夫でしょうか」

「勝負はやってみなければわかりません」

千草も囁くような声で答えた。勘六は頭を振った。

「いえ、勝敗よりも〈神妙活殺〉が使えるかどうかです。相手はひょっとしたら道場破りにかこつけて、兄上を殺しに来たのかもしれません。〈神妙活殺〉が使えなければ命に関わります。ですが、兄上の〈神妙活殺〉はここのところ、何度もうまくいっています。そろそろ失敗するころではありませんか」

勘六の縁起でもない言葉を聞いた千草は、そんなことはありません、と言おうとしたが、ふと権平の横顔を見て言葉に詰まった。

権平は千草がこれまで見たことがないほどの憤怒の表情を浮かべている。

(危ない。いまの兄上では〈神妙活殺〉は使えない)

千草は胸が騒ぐのを感じた。

弥十郎は素振りを終えると、権平と向かい合い、傲岸《ごうがん》な口調で、

「始めようか」

と言った。

権平は進み出ると木刀を構えた。

弥十郎は木刀を片手で持っているだけで、構えようとはしない。

「なぜ、構えられぬ」

押し殺した声で権平が言うと、弥十郎は嗤った。

「そなたを叩きのめすのに構えなどいらぬ」

権平は大きく息を吐いた。

——ひとおつ
数え始めた声が震えている。

弥十郎はつめたい目を権平に向ける。

千草は思わず腰を浮かした。

（兄上が殺される）

権平の立ち合いを見ていて、初めて不安を感じていた。

十六

「ふたあつ」

権平は木刀を構え、半眼になって数えていた。

道場の板壁沿いに座った千草が青い顔をして勘六に囁いた。

「駄目です。今日の兄上は神妙活殺を使えません」

「どうしてですか」

「羽賀様を父上の仇だと思い、憎しみで心が乱れているのです」

千草は唇を噛んだ。勘六はうろたえた。

「それでは、兄上は試合に名を借りて殺されてしまうのではありませんか」

「そうなのです」

千草はなおも権平を見つめる。権平はいつになく落ち着かぬ構えのまま、また声を上げた。

「みっつ」

羽賀弥十郎は嘲るような笑みを浮かべた。権平の心気が定まらないのを見て取っているのだ。

「やむを得ません」

千草は、木刀を手に立ち上がった。勘六がぎょっとして千草を見た。

「姉上、どうされるのですか」

千草は答えずにするすると道場の中央に進み出ると、木刀を振りかぶった。

——父の仇
と甲高い声で叫んで弥十郎に打ちかかった。

「無礼者——」

弥十郎は片手なぐりに千草の木刀を払った。だが、なおも千草は打ちかかる。その様を見た権平は、あわてて、

「千草、やめろ」

と叫んだ。

しかし、千草は弥十郎に打ちかかるのをやめない。

弥十郎はうるさくなったのか、千草が打ちかかってきた木刀を左手でつかんだ。

「離せ——」

千草が叫ぶやいなや弥十郎は手を放し、同時に木刀で足を払った。千草は悲鳴をあげて横転した。

弥十郎は倒れた千草を打ち据えようと木刀を振りかぶった。そのとき、

――神妙活殺
権平が叫んだ。

弥十郎がはっとして振り向くと、権平が風のように打ちかかってきた。弥十郎はかろうじて、これを受けたが、権平の木刀はさらにうなりを上げて襲いかかる。弥十郎がしのごうとすると、

――ぼきっ
と音がして、木刀が半分から折れた。弥十郎は凄まじい目で権平を睨むと、

「これまでじゃ」

と叫んだ。そして、半分になった木刀を投げ捨て、するすると下がると、そのままひと言も発さず、道場から出ていった。

弥十郎がいなくなると、権平は大きく吐息をついて床に膝をついた。

「兄上――」

千草が起き上がって権平にすがった。汗まみれになっていた権平は荒い息をしながら、

「助けてもらったな。あのままでは殺されていたところだった」

と言った。

「なんの、それよりも、〈神妙活殺〉が使えてようございました」

千草に言われて、権平ははっとした。

「そうか、わたしは〈神妙活殺〉を使ったのか」

千草はうなずいて、言葉を継いだ。

「お使いになりました。しかも、日ごろよりも凄まじい勢いの〈神妙活殺〉でした。だからこそ、羽賀弥十郎もたまらずに退いたのです」

勘六が傍らに座って、

「ということは、これからは数を数えなくとも〈神妙活殺〉が使えるということでしょうか」

と訊いた。

「いや、それは無理だ。いまの〈神妙活殺〉も無我夢中で使っただけで、どうやればよいのか、さっぱりわからん」

権平は諦めたように言った。すると、千草が身を起こしながら、

「わたくしはわかります」

と含み笑いをして言った。権平はぎょっとして千草を見つめた。

「どういうことだ」

千草はちらりと勘六に目を遣ってから口を開いた。

「兄上は憎悪を胸に抱けば、心が乱れて〈神妙活殺〉が使えなくなります。羽賀弥十郎はそのことを見抜いて、試合を挑んだのです。しかし、兄上はいとおしい者を守るためなら、いつにても〈神妙活殺〉を使えるのです。そのことを知って羽賀弥十郎はうろたえたのだと思いま

す」

千草はわずかに頰を染めて言った。勘六は訝しそうに千草を見た。

「姉上、おうかがいいたしますが、その、兄上にとってのいとおしい者とは姉上のことでございますか」

「そうですが、いけませんか」

千草はつんとしてそっぽを向いた。

「いけなくはありませんが、わたしたちはきょうだいです。助け合うのは当たり前でしょう。さようにいとおしい者などと言っては、まるで夫婦《めおと》か何かのようで、おかしいと思います」

千草は勘六をひややかに見つめた。

「では、勘六は兄上がわたくしを妹だから助けたというのですか」

「それ以外に何があると言われるのですか」

勘六がむきになって言うと、千草は、あなたはつまらないひとですね、と小声でつぶやいた。

勘六がむっとして、何か言い返そうとすると、権平が手を上げて制した。

「ふたりともいいかげんにしろ。くだらないきょうだい喧嘩をしてどうするのだ。わたしたちは羽賀弥十郎に狙われたのだぞ。これからどうするか、考えねばならんのだ」

権平に言われて、千草と勘六はうなずいた。

「そうでした。どうしましょうか、兄上——」

千草が言うと、勘六も腕を組んだ。

「羽賀弥十郎はきょうこそ引き揚げましたが、また、手を出してくるに違いありません」

「そのとき、どうするかだ」

権平はあごをなでて考えた。千草が膝を乗り出した。

「兄上、ここは先手必勝です。こちらから羽賀道場に乗り込んではどうでしょうか。せっかく由梨様と戸川源之亟様に味方になっていただく話をつけたのですから」

「それは、そうだが、羽賀弥十郎は思ったよりもしたたかなようだからなあ」

権平が困った顔になると、勘六が首をかしげた。

「羽賀弥十郎がしたたかだと何が困るのですか」

「羽賀はわたしの心の乱れを突いてくる。さっきは千草の機転で何とかなったが、羽賀のところに乗り込めば、あんな無茶はできぬ」

うんざりした顔で権平は言った。

勘六はごほんとわざとらしく咳払いしてから、

「だからこそ、由梨様と戸川様の力を借りるのです。もし、羽賀が兄上の心を乱そうとすれば、おふたりに出ていただきます。その間に兄上は心を鎮められましょう」

と言った。権平は腕を組んで考え込んだ。

「さようにうまくいくかなあ」

勘六はにやりと笑った。

「うまくいきますとも。もし、しくじっても、そのときは羽賀と立ち合った由梨様が危うい目に遭っておられるかもしれません。姉上のお話では、兄上はいとおしい者を守るためなら〈神妙活殺〉を使うことができるということですから、きっとうまくいくはずです」

勘六の言葉を聞いて、千草は権平をちらりと鋭い目で見た。

権平はあわてて、手をあげた。

「待て、勘六。わたしは由梨様をいとおしく思っているなどと言った覚えはないぞ」

「言われずとも顔に書いてあります。尾藤道場でうっとりと由梨様を見つめていたではありませんか」

勘六は平気な顔で言った。

権平は額に汗を浮かべながら、作り笑いをした。

「そんなことはあるはずもない。勘六は面白い冗談を言うではないか」

心外そうな顔をした勘六が、

「冗談ではありませんぞ」

と言い募ろうとしたとき、千草がにらんだ。

「さようなことはどうでもよい。それよりも羽賀のもとに乗り込むにあたっては、由梨様と戸川様にお頼みしに行かねばなりません」

権平はうなずいた。

「さようだな、さっそくわたしがお訪ねしてこよう」

「なりません」

千草はぴしゃりと言った。

権平は目を白黒させた。

「なぜ、いかんのだ。勘六の用心棒をしていただくのだ、わたしが頼みにいくのが筋であろう」

「すでにおふたりには兄上の口から用心棒のことを頼んでおられます。これからするのは、そのための打合せですから、わたくしと勘六が参ります」

千草はきっぱりと言ってのけた。

ううむ、とうなる権平を放っておいて、千草は勘六に顔を向けた。

「わたくしは戸川様をお訪ねします。勘六は由梨様のもとに行ってください」

勘六はぎょっとした。

「あの、ふたりで行くのではないのですか」

千草はつんとすまして言った。

「あなたは賢いことが自慢なのですから、ひとりで行けるでしょう。それに、兄上が由梨様をいとおしく思っていると言ったのはあなたですよ。そのことを由梨様がどのように思われているかうかがってきてください」

「そんな――」

あれは冗談です、と言いかけた勘六は千草のひややかな目を見て、はい、と言葉少なに言った。

ふたりのやりとりを我関せずとばかりに権平が聞き流していると、千草が向き直った。

「兄上、それで決めていただかねばならぬことがあります」

「なんだ」

権平は仏頂面をした。

「羽賀のもとにいつ参るかです」

「それは、まあ、時をかけて、じっくり策を練ってからだな」

悠長に権平が言うと千草は頭を振った。

「いいえ、兵は拙速を尊《たっと》びます」

勘六も大きくうなずいて、

「善は急げ、と申します」

と言葉を添えた。

権平は大きくため息をついた。

「わかった。三日後だ」

十七

翌日の昼下がり――

千草は戸川道場をひとりで訪ねた。

玄関で訪いを告げると、門人が出てきて、千草がひとりだけで立っているのを見て目を丸くした。

「戸川先生にお目にかかりたい」

千草が言うと、門人は何を勘違いしたのか、それはまあ、ようおいでくださいました、先生も喜びましょう、とつっかえながら言った。

間もなく千草は奥座敷に丁重に通された。門弟が茶と菓子を持ってくると、深々とお辞儀をしてから去っていく。

千草は首をかしげながら茶を飲んだ。茶に添えられた菓子は、

――うずら餅

だった。

鶉《うずら》は枯草色の羽根でずんぐりとしている。秋の草原にいて、よく草の下などを駆けてゆく。

うずら餅は求肥《ぎゅうひ》の皮で餡《あん》を包んで、上に少し胡麻をふっている。求肥の皮に焼き筋を入れて

鶉の背に見立てている。

（兄上がお好きな菓子だ）

持って帰れば権平が喜ぶだろうと思うと、思わず懐紙を取り出して〈うずら餅〉を包んでいた。菓子を持ち帰るのは、はしたないと思ったが、権平の喜ぶ顔が見たい気持ちが勝っていた。

千草が〈うずら餅〉を懐にするのとほぼ同時に源之亟が座敷に入ってきた。

源之亟がちらりと菓子の器に目を遣ったと思ったのは、千草の思い過ごしだろうか。

千草が何となくもじもじしていると、源之亟は座って、闊達《かったつ》に声をかけてきた。

「千草殿、よく見えられました。千草殿のような若い女人が訪ねて参られたゆえ、門人たちがわたしの妻となるひとではないか、と騒いでおります」

「まさか、さような」

千草は頬を染めてうつむいた。

「いや、お気になされるな。早合点いたした門人たちは、いましがたきつく叱っておきましたから」

早合点だと源之亟に言われると、何となく物足りない気もしたが、そんなことを考えている場合ではない、と千草は思い直した。

「実は、さっそく戸川様に用心棒をお願いいたさねばならなくなりました」

「ほう、何かありましたか」

源之亟に訊かれて千草は、昨日、羽賀弥十郎が道場に現われ、危うく権平が殺されるところだったことを話した。

「なるほど、羽賀様は焦っておられるようですね」

「焦っているとは、どういうことでしょうか」

千草は首をかしげて訊いた。源之亟は微笑んで答える。

「何といっても、羽賀様は藩の剣術指南役です。こういっては失礼だが、城下の貧乏道場の主が何をしようが恐れるには及びません。それなのに、道場破りまがいに自ら乗り込んだのは、よほど切羽詰った事情があるかと思われます」

「どんな事情でしょうか」

千草が勢い込んで訊くと、源之亟はからりと笑った。

「さようなことがわたしにわかるわけはありません。ただ、ひとつだけ言えるのは、やはり勘六様ではないでしょうか」

「勘六が――」

「はい、藩主の血を引いているということは、やはり大変なことです。羽賀様が自ら出てきたのは、勘六様を一日でも早く握らねばならなくなったということではないかと思います」

千草ははっとした。

「そう言えば、すっかりきょうだいの気持ちに戻っていました。今日も尾藤道場に勘六をひととりで行かせてしまいました」

「しかたのないひとたちだなあ。羽賀様の狙いは権平殿ではなく、勘六様ですよ」

源之亟はため息をついて立ち上がりながら言った。

「どうしたらよいのでしょうか」

千草がすがるようにして訊くと、源之亟はあっさりと答えた。

「わたしもともに行きますから、尾藤道場に参りましょう」

はい、と応えて千草は勢いよく立ち上がった。


そのころ、勘六は尾藤道場で由梨と話していた。

勘六が羽賀のもとに権平が乗り込むと話すと、由梨は微笑して、

「わかりました。わたしも同行いたしましょう」

と応じた。

「ありがとう存じます。これで兄が助かります」

勘六が顔をほころばせると由梨は感心したように言った。

「勘六様はまことにきょうだい思いでいらっしゃいますね」

「きょうだい三人しかいませんから、助け合っていくしかないのです。そのかわり、きょうだい喧嘩はしょっちゅうします」

「まあ、きょうだい喧嘩をなさるのですか」

由梨は目を瞠った。

「はい、今日なども姉がわたしにひとりでこちらにうかがうように言ったのは、わたしの言ったことが気に食わなくて意地悪をしたのです」

「勘六様は何を言われたのでしょうか」

由梨は興味深げに訊いた。

「姉が、兄上はいとおしい相手を助けるためなら、いつでも〈神妙活殺〉が使えると申しますので、それなら由梨様を助けるために兄上は〈神妙活殺〉を振るうだろうと申しました」

由梨は苦笑した。

「どうしてそのように思われたのですか」

「兄上の様子を見ていれば、それぐらいのことはわかります。ですが、姉は自分が一番、兄上から大切に思ってもらいたいのです」

勘六はひややかに言った。

「女子には誰しもさような心持ちはあります。さように申されては千草様がお気の毒のように思います」

「それは我が儘というものではありませんか」

勘六がむきになって言うと、由梨は笑った。

「勘六様もおとなになればわかることでございます」

「そんなものでしょうか」

まだ、納得がいかないでいる勘六に由梨は、

「さて、そろそろお帰りでしょうから、わたくしが青鳴道場までお送りいたしましょう」

と言った。

「いえ、そのようなことをしていただいては申し訳ございません」

勘六はあわてて手を振った。

「何を言われるのです。あなたは殿様の血を引く方ではありませんか。わが道場からの帰途に万一のことがあったら、わたくしが困るのです」

由梨は勘六をうながして玄関へと向かった。玄関先で由梨は門人から黒漆塗りの杖を受け取った。

勘六が怪訝な顔をすると、由梨はにこりとした。

「中に鉄の棒が仕込んであります。女子ゆえ、刀を持って外出ができませんから、刀の代わりです」

由梨は杖を手にすると、勘六の前に立って歩き出した。あたかも武家の女人が供を連れているように見えた。

門をくぐって、表の道へ出ると、青鳴道場の方角に向かって由梨は進んだ。やがて、道沿い

に大きな神社が見えてきた。

「もし、このあたりで誰かを襲おうと考える者は、この神社の境内にひそむでしょうね」

由梨は言いながら、神社の境内に足を踏み入れた。

「由梨様――」

勘六が止めようとしたが、由梨はさらに境内に入っていく。境内には大きな楠《くすのき》があった。

楠に目を留めた由梨はさりげなく杖を両手で持った。

「勘六様、御覧なさい。楠の根方に倒れている者たちがいます」

由梨の言葉に驚いた勘六が伸び上がって見ると、たしかに楠の根方に五、六人の武士が倒れている。

「死んでいるのでしょうか」

勘六が恐る恐る訊くと、由梨は、

「わかりません。たしかめてみましょう」

と言って楠に近づいていく。

――由梨様
勘六は呼び止めようとしたが、由梨は真っ直ぐに楠に向かって歩いていく。そして倒れている武士たちのそばに跪《ひざまず》いて呼吸を確かめていった。

由梨は勘六に顔を向けて、

「ご安心なさい。死んではおりません。気を失っているだけのようですから」

と言った。すると、楠の陰から若い武士が出てきて声を発した。

「そのようですな」

由梨はとっさに杖を構えたが、相手は戸川源之亟だった。

「戸川様、いらしたのですか」

由梨は杖を下ろしながら言った。

「先ほど、神社境内に入ってこの者たちが倒れているのを千草殿とともに見つけたのです。このうち、何人かの顔は見覚えがあります。おそらく羽賀様の直弟子たちかと思われます」

源之亟は言いながら後ろを振り向いた。千草がそこにも倒れていた武士の怪我をたしかめている。

「姉上――」

勘六が駆け寄ると、千草はゆっくりと立ち上がった。

「勘六、この者たちはいずれも、額や肩、脇腹の三カ所を木刀で打たれています」

「三カ所もですか」

勘六は首をひねった。

「ええ、狙ったようにいずれも三カ所をやられています。まことに見事な腕前だと言うしかないですね」

千草が感心したように言うと、源之亟は笑った。

「これほどの大人数を相手に木刀で倒すとはただ者ではありませんな。使った技は、おそらく――」

源之亟が言いかけると、由梨が後を引き取るようにつぶやいた。

「〈神妙活殺〉ですね」

源之亟は深々とうなずく。

「姉上、まことですか」

勘六は息を呑んだ。

「間違いありません。このひとたちは〈神妙活殺〉で打ち据えられたのです」

「やはり兄上のほかに〈神妙活殺〉を使う者がいるのですね」

勘六が訊いても、千草は黙って答えない。

由梨が笑ってから口を挿んだ。

「これは、青鳴権平殿がやったに決まっているではありませんか」

「兄上がですか。では、なぜここに兄上はいないのです」

目を丸くして勘六は訊いた。

「青鳴殿はわたくしや戸川様と同じように勘六様の身の上が危ういと思い、ひそかにつけて参られたのでしょう。そして怪しげな者たちを見付けて打ち倒されたのだと思います」

由梨が話すと、勘六は首をひねった。

「それならば兄上はここにいてわたしを待ってくだされればよいのではありませんか」

千草は困ったように、

「わたくしが、行ってはいけないと申し上げたからでしょう。それで、こっそり勘六の後からついていかれたのだと思います」

と言った。

「なるほど」

勘六は大げさに手を打ってみせると、千草に笑顔を向けた。

「これで、姉上が言ったことは正しいと証立てられましたね」

「何のことですか」

「兄上はいとおしい者の危難を救うためならいつでも〈神妙活殺〉を使うことができるのです。兄上がいとおしいと思っているのは、姉上だけではありません。わたしもそうなのです」

「そのようですね」

千草はあきらめたように言ってからぷっと吹き出した。勘六も大きな声で笑う。

そんなふたりを由梨と源之亟は微笑して見つめている。

この日、勘六と千草が家に帰ってみると、権平は道場で大の字になり、鼾をかいて寝ていた。傍らには赤樫の木刀が無造作に転がっていた。

十八

二日後――

権平たちは、由梨、源之亟とともに羽賀弥十郎の屋敷に向かった。この日も由梨は黒漆塗りの杖を持っている。

弥十郎は日ごろ、藩校の剣術道場で指南をしているが、屋敷にも道場を建てて直弟子を持っていた。

屋敷の門前に立った勘六が、

「お頼み申します」

と大声を出すと、弥十郎の家士《かし》らしい五十過ぎの年配の男が出てきた。

勘六が大きく息を吸ってから、

「わたしどもは城下の――」

と口にしたとき、相手は手を上げて制した。

「青鳴道場の方々ですな。それに無念流の尾藤由梨様と、心影流の戸川源之亟様でございますな。主人がお待ちいたしておりました」

家士はなめらかな口調で言った。

勘六は顔をしかめて権平を見た。だが、権平は平然と、

「お待たせいたしました」

と小声で言った。

家士はうなずいてから手をつかえて、

「お上がりください」

と丁寧に頭を下げた。

権平たちは家士にうながされるまま、式台に上がった。

家士は先に立って権平たちを案内していく。

中庭に面した縁側を進むと渡り廊下があった。

その先に道場があるようだ。

権平たちが道場の入口に立つと門弟たちが待ち受けていて、

「お刀を」

と両刀を預けるように求めた。

権平が無造作に両刀を抜いて渡すと、千草と源之亟もこれに従った。由梨も杖を預ける。

門弟が先に立って権平たちを道場に入れた。

城下の道場ほど広くはないが、それでも十数人が稽古できる広さだった。道場の床や板壁は黒光りするほど磨かれていた。

八人の門弟が稽古していたが、師範席に座っていた弥十郎が、

「客人じゃ。控えよ」

と声を発するとすぐさま木刀を引いて板壁の前に居並んだ。

弥十郎は厳しい顔つきで言葉を継いだ。

「客人たちも座っていただこうか」

権平たちは入口近くに座った。すると真向いに羽織袴姿の三人の武士が座っていた。

勘六が思わず、

「どうしてあなた方がここにいるのですか」

と訊いた。師範席のすぐ下に、

新当流　柿崎源五郎
雲弘流　熊谷鉄太郎
柳生流　和田三右衛門

が座っていたのだ。柿崎源五郎がにやりと笑った。

「羽賀様は藩の剣術指南役、われらがかようにご機嫌うかがいに参ってもおかしくはあるまい」

傍らの熊谷鉄太郎が、

「そういうことだ」

と言って、からからと笑った。その傍に腕組みをして座っている和田三右衛門が、

「羽賀様が仕組まれた茶番だが、羽賀様に命じられれば、やはりしないというわけにもいかぬのでな」

とうんざりした顔で言った。師範席の弥十郎が厳しい顔を崩さずに、

「青鳴道場の者が助太刀を頼んだうえで道場破りに来るというのでな。備えをさせてもらったぞ。城下の道場主はすべてそろったことになる。誰が最も強いのかを見せてもらおうというわけだ」

権平が無表情なまま口を開いた。

「三人と三人で立ち合えということでございますか」

「そういうことだ」

少し考えてから権平は、

「わたしひとりが立ち合うというわけには参りませんか」

とくぐもった声で言った。

弥十郎は蔑むように権平を見た。

「なぜだ。こちら側の三人を侮るのか」

「いえ、決してさようなことはございません。ただ由梨様と戸川様にお願いいたしたのは、勘六の用心棒でした。道場主同士の試合をするということになれば、それぞれの道場の浮沈にも関わりますので」

権平が言うと、由梨がふふと笑って口を開いた。

「さような心配はご無用に願います。剣客であるからには、勝負を争うことから逃げるわけには参りますまい」

源之亟も続いて言った。

「由梨殿の申される通りです。わたしも腕試しがしてみとうござる」

弥十郎は皮肉な目を権平に向けた。

「ふたりとも剣客として潔いではないか。それなのに、父の仇を討とうとしているそなたが尻尾を巻いて逃げるのか」

「いえ、逃げはいたしません」

権平はあっさりと言ってのけた。

「では、早速に勝負するといたすか。まず一番手は尾藤由梨と熊谷鉄太郎だ」

弥十郎は厳しい声音で言い放った。

由梨はためらう様子もなく板壁の木刀架けから、木刀を取って道場の中央に進み出る。熊谷鉄太郎も勇躍して出てきた。

鉄太郎は手にした木刀を頭の上でぶんぶんと振り回してみせた。

由梨はそんな様も眉一つ動かさずに見ている。

「かかれ――」

弥十郎が声を発すると、由梨と鉄太郎はとっさに間合いを開き、ともに木刀を正眼に構えて対峙した。

鉄太郎は気合を発しつつ、横にじりじりと動いた。由梨は木刀を構えて鉄太郎の動きを見据える。

――やあっ
気合とともに打ち掛かったのは由梨だった。鉄太郎の木刀がこれを弾く。だが、由梨はあわてず、さらに打ちかかる。

鉄太郎は押されながらも、由梨の隙を見定めようとしていた。由梨の打ち込みが一瞬、途絶えたとき、鉄太郎は体を叩きつけるように突いて出た。

由梨はこれをひらりとかわして、鉄太郎の背に一撃を浴びせようとした。だが、その瞬間、鉄太郎は前に跳んで由梨の木刀をかわした。

さらに鉄太郎は木刀を片手にぶら提げたまま、道場の端まで行くと、いきなり由梨に向かって突進した。

再び、突いてきた。

だが、その突きはそれまでのものよりも凄まじかった。由梨は身をかわしつつ、鉄太郎の木刀を打ち据えようとしたが、鉄太郎はこれを察して木刀を撥ね上げた。由梨の木刀は弾かれて飛んだ。

由梨は木刀を失うと手刀を構えた。

鉄太郎はせせら笑った。

「馬鹿め、さような構えでわしの突きがかわせると思うのか」

言うなり、鉄太郎は三度目の突きを由梨に見舞った。

このとき由梨は手刀で木刀を撥ね飛ばしつつ鉄太郎の懐に飛び込んだ。

鉄太郎はうめいた。

一瞬の隙をついて、由梨は鉄太郎の喉元に手刀を擬していた。

「なんのまだまだ」

鉄太郎は強引に木刀を振り回して、由梨を突き放そうとした。だが、由梨は鉄太郎の動きを読んでいた。

由梨は相手の体に合わせるように、背中に回るや、鉄太郎の首筋を手刀で撃った。鉄太郎はうめきながら、どうと倒れた。

床板が揺れた。

「勝負あった」

弥十郎は苦々しげに言った。

由梨は倒れた鉄太郎には目もくれず、権平たちのそばに戻って座った。

弥十郎はしばらく由梨を睨んでいたが、ようやく口を開いて、

「二番手は戸川源之亟と柿崎源五郎」

弥十郎に言われて、源五郎は木刀を手にゆっくりと中央に進み出た。源之亟も何度か素振りをした後、源五郎と対峙した。

源五郎はにやりと笑った。

「かようなことになろうとは思わなかったな」

「いかにも」

あっさりと応えて源之亟は正眼に構えた。するると、源五郎はいきなり気合も発せずに打ち込んできた。

源之亟はこれをかわして打ち返そうとしたが、目の前にいたはずの源五郎の姿がない。由梨が鋭い声を上げた。

「上です——」

源五郎はふわりと飛んでいた。

はっとした源之亟が跳び下がると、空中の源五郎はその動きを予期していたかのように、くるりと体を回転させて源之亟に打ちかかった。

かつ

かつ

木刀を打ち合う音が響いた。

源五郎は床に降り立ち、さらに木刀をまわして打ちかかる。その動きはでっぷりとした外見にはそぐわない機敏さだった。

ふたりの試合を見つめていた千草が、権平の耳元に囁いた。

「柿崎殿のいまの技なら石段で父上に斬りかかることができたのではありませんか」

「どうやら、そのようだな。いまのは〈天狗斬り〉の技だ。あるいは父上を斬ったのは柿崎源五郎かもしれぬ」

ふたりが囁きかわすうち、源之亟と源五郎はたがいに譲らずに打ち合った。だが、勝負がつかないと見たのか、源五郎はパッと後ろに下がった。

そして木刀を腰に構えて居合の構えをとった。

これを見た源之亟も居合の構えをとる。源五郎は、薄く笑いを浮かべて床板を蹴った。飛び込み様に居合を放った。

これに対して源之亟は腰を沈めて動かず。飛び込んできた源五郎に向かって木刀を振るった。

見ていた者たちから、ため息がもれた。

源五郎と源之亟はたがいに木刀を相手の首筋に擬していた。

「相討ちじゃ」

弥十郎の声が響いた。

源五郎はゆっくりと木刀を引いた。源之亟は凄まじい目で源五郎を睨み据えて大きく吐息をついた。

席に戻った源五郎は、額の汗を手拭でぬぐいながら、

「やれやれ、相討ちとは情けないぞ」

とつぶやいた。源之亟は席に戻る際、権平にそっと、

「ただいまの勝負は柿崎殿の勝ちでございました。あのひとは変幻自在で正体が知れない」

と耳打ちした。権平が素知らぬ顔でいると、弥十郎がひややかに言った。

「最後は青鳴権平と和田三右衛門だ」

三右衛門が悠然と歩み出るのに合わせて権平も道場の中央に出た。

じろりと権平を睨んだ三右衛門は、

「おとなしく闇姫様の言うことを聞いておれば、かように面倒なことになりはしなかったのだぞ」

と押し殺した声で言った。権平はうんざりした顔になった。

「それはこちらが言いたいことですな」

三右衛門は、ふん、と鼻で嗤った。

権平は木刀を正眼に構えて、三右衛門を睨みすえた。すると、三右衛門は、木刀を大きく振りかぶって、

「そなた、〈神妙活殺〉は自分だけが使えると思っているのだろう。そうではないことを教えてやろう」

三右衛門は、不敵な笑みを浮かべてから目を閉じた。何かつぶやいていたと思ったら、

――神妙活殺
と大声が発せられた。

権平を嵐のような打ち込みが襲った。

(これは、まことの〈神妙活殺〉ではないか)

権平はうろたえて後退り、横に転がって三右衛門の打ち込みを避けた。同時に尾藤一心を襲ったのは、和田三右衛門なのだ、と悟った。

「見苦しいぞ」

権平の動きを見定めようとする三右衛門は嘲るように言った。権平はようやく片膝をついた。だが立ち上がれない。たったいま、見舞われた〈神妙活殺〉の凄まじさに怯えていた。なぜ三右衛門が〈神妙活殺〉を使うのかという思いで混乱していた。

もはや、これまでかもしれない、と思った権平はちらりと千草と勘六を見た。千草が身を乗り出すようにして、

「兄上――」

と甲高い声をあげた。勘六も千草に劣らない高い声で怒鳴った。

「負けるな」

権平はうなずいた。

（ふたりのために負けてはならぬ）

三右衛門が〈神妙活殺〉を使うのなら、こちらもやればいいのだ。

「ひとおつ」

権平は数え始めた。

「ふたあつ」

ようやく息がととのってきた。

権平が無念無想の境地に入ろうとしたとき、再び、三右衛門の、

――神妙活殺
という叫びが聞こえた。

十九

三右衛門の叫びに合わせて、

「みいっつ」

と数えた権平はすでに無我の境地に入っていた。動きは緩慢に見えたが三右衛門の激しい打ち込みを払った。〈神妙活殺〉独特の連続した打ち込みだが、権平にはわずかにおよばないようだ。

「よっつ」

権平がまたもや、数えた。

千草が嬉しげに勘六に囁いた。

「兄上の〈神妙活殺〉はここからです」

「和田三右衛門の〈神妙活殺〉は偽物なのですか」

勘六が声を低めて訊いた。

「いいえ、技は本物のようです。だけど、無我の深さが違います。兄上にはもはや相手が見えていませんが向こうは兄上の動きを見て打ち込んでいます。おそらく真剣での〈神妙活殺〉ならば兄上にかなわないでしょう」

千草が言うのと同時に、権平は、

「いつうつ」

と数え終えた。同時に、三右衛門は大きく跳び下がった。もはや、〈神妙活殺〉ではなく、正眼に構えている。

権平はだらりと木刀を提げている。呆然とした、何を考えているのか、わからない表情でゆらりと前に出る。

三右衛門は横に動きながら、

——うおりゃ
と気合を発した。だが、権平は応じず、三右衛門に顔を向けようともしない。ただ、まっすぐに進む。

三右衛門はさらにすり足で横に動き、権平から離れる。だが、権平はそれに気づかぬかのように前へと進む。勘六が思わず、

「兄上、右です」

と声をかけた。

だが、権平は聞こえないかのように前に進んでいく。勘六の声に反応したのは三右衛門の方だった。

床板を、だん、と音を立てて蹴り、跳躍して打ちかかった。これに対して権平の体がふわりと宙に浮いた。飛び上がるとともに権平の体は独楽《こま》のように回転して三右衛門の木刀を薙ぎ払った。

由梨と源之亟が同時にあっと声をあげた。

三右衛門の木刀は真ん中のあたりで、すぱっと切られていた。上半分の木刀はきりきりと回

転しながら師範席の弥十郎に向かって飛んでいく。

弥十郎はこれを手刀で叩き落とした。

苦い顔をした弥十郎は、三右衛門を睨んで、

「和田、若造相手に何を手間取っておる」

と怒鳴った。

三右衛門は着地するなり、残り半分になった木刀を投げ捨てると、板壁の木刀架けに駆け寄った。とっさに二本の木刀を取った三右衛門は両手を翼のように大きく広げ、

——二刀
の構えとなった。

だが、権平は三右衛門の姿が見えていないのか、顔色も変えない。三右衛門は二刀の構えでするすると権平に近づく。そのとき、権平の口から、

「きえぃ」

と鋭い気合が発せられた。

権平は凄まじい勢いで打ち込んだ。三右衛門は二本の木刀を十字に組んで権平の木刀を受けた。

だが、権平の勢いに押されて三右衛門は後退る。腰を落とし、懸命に粘ろうとする三右衛門を権平はどこにそのような力があったのかと思うほどの剛力で押していく。

三右衛門のこめかみに青筋が立ち、額にどっと汗が吹いた。

権平はさらに三右衛門を押して羽目板にまで追い詰めた。三右衛門は必死に押し返そうとするが、権平はぴくりとも動かない。

十文字に組んだ木刀に阻まれながらも権平の木刀が三右衛門の額に迫った。

三右衛門が、全身の力で跳ね返そうとしたとき、権平が不意に体をかわして木刀を引いた。

押し返そうとしていた三右衛門は前につんのめり、そのまま床に転がった。権平は木刀を振り上げて倒れた三右衛門を打ちすえようとした。すると、弥十郎が師範席から、

「それまで」

と鋭い声を発した。だが、権平の動きは止まらない。木刀が鋭く振り下ろされ、

——がっ
と音を立てて三右衛門の額を打ちすえていた。うめいて三右衛門は気絶した。

弥十郎は目を光らせた。

「待てと申したはずだぞ。剣客の名を汚すつもりか」

権平は大きく吐息をついた。

ようやく無我の境地から抜け出たらしく、倒れている三右衛門を見て気の毒そうに、

「和田殿、大丈夫でござるか」

と声をかけた。三右衛門はうめき声をあげるばかりで返事をしない。

弥十郎は師範席で立ちあがり、

「わしが相手だ」

と言い放った。弥十郎の言葉を聞いて勘六が立ち上がった。

「それはおかしゅうございます。最初に城下の剣術道場主を立ち合わせて、誰が一番、強いかを見たいと仰せになったではありませんか。ならば、こちらの由梨様が勝ち、戸川様は引き分けゆえ、こちらの勝ちでございます。しかも、由梨様と戸川様はかつて兄上と立ち合って敗れておられます」

「だからどうだと言うのだ」

弥十郎は勘六をにらみつけた。勘六は平気な顔で、

「すなわち、城下の道場主で最も強いのは兄上なのですから、勝負はついたのです。これ以上の立ち合いは無用です」

「なんだと、もう立ち合わぬというのか」

弥十郎は凄みのある声で言った。だが、勘六は気おくれする様子もなく、

「さようでございます。それゆえ、立ち去らせていただきますが、その前に道場破りで勝ったからには看板代を頂戴いたしとうございます」

と言い募った。

弥十郎は顔をしかめた。

「倒れた三右衛門を打ちすえながら、金まで求めるとは何というあくどさだ」

権平が勘六に顔を向けた。

「羽賀様が言われる通りだ。金まで求めるのは図々しすぎるぞ」

勘六はゆっくりと頭を振った。

「兄上は甘すぎます。勝った者は欲しいものを取っていいのです。さもなくば、負けた者の立つ瀬がありません。勝った者が何もとらずに去っていけば、自分たちに勝ったことはそれほど値打ちのないことだったのかと思うではありませんか」

「いや、わたしは、それよりも父の仇を討ちたいのだ。先ほど、柿崎殿が見せた〈天狗斬り〉の技、さらに和田殿は〈神妙活殺〉を使われた。いずれもわれらの父を斬った技や尾藤先生を襲った者の技だ。ということは、ふたりこそがわたしと由梨殿の仇ということになりはしないか」

権平が言うと、勘六はあきれたように答える。

「兄上はまことにそのようにお考えなのですか」

「なんだと。わたしのどこが間違っているというのだ」

権平は首をかしげた。

「全部です」

勘六はきっぱりと言った。

「全部か？」

権平は思わずといった感じで聞き返した。

「兄上、柿崎殿や和田殿がまことに仇であったとしたら、わたしたちや由梨様の前で証拠となる技をわざわざ見せるでしょうか」

勘六に諭すように言われて権平は、

「それもそうだな」

とつぶやいた。かたわらの由梨が、

「わたしもそう思います。何より、お祖父様を襲った者の〈神妙活殺〉の声とは違っておりました」

「ほれ御覧なさい、やはり、女人はよく覚えているようです」

勘六に言われて、権平はううむ、とうなった。勘六はさらに言葉を継ぐ。

「仇は誰なのか、まだわかりませんが、少なくとも柿崎殿や和田殿ではないと思います」

「そう言えばそうか」

権平は額を打たれて道場の隅で弟子から手当てを受けている和田三右衛門と腕組みをして座り、素知らぬ顔をしている柿崎源五郎の顔をちらりと見て、

「しかし、やはり、怪しい気もするのだが」

「兄上、しつこいですぞ」

勘六の言葉を聞いて弥十郎がくっくっと笑った。そして師範席の横にある板戸に向かって、

「かようなところでよろしゅうございまするか」

と声をかけた。すると、板戸を開けて羽織袴姿の老武士が出てきた。痩せた老武士は、じろりと権平を見据えて、弥十郎の傍らに座った。

弥十郎は膝に手を置いて、

「お側用人の稲富兵部《いなとみひょうぶ》様である」

と告げた。

兵部は木彫りの面のような顔を勘六に向けて、

「なるほどな」

とつぶやいた。

弥十郎がうかがうように、兵部の顔を見て、いかがでございますか、と言うと兵部はうなずいて厳かに言った。

「いまの話を聞いていると、たしかに藩主となるべき器量をお持ちのようだ。そちらの男は、剣術はうまかろうが、物の道理がわからぬ男のようだな」

あからさまに勘六と比べられて権平はむっとした。すると、千草が立ち上がって、

「余計なお世話です」

と言い放った。勘六もうなずく。

「まったくです。兄上には兄上のいいところがあります。わたしたちきょうだいにしかわからないかもしれませんが」

兵部は軽く頭を下げた。

「これは言い過ぎました。ご無礼の段お許しください。それがしが今日、ここに参りましたのは、勘六様の器量のほどを確かめて殿にご報告するためでござる。ですから、つい、よけいなことを申しました」

「器量をたしかめるとはどういうことですか」

勘六は訝しげに兵部を見た。

兵部はえへんと咳払いした。

「羽賀殿から、青鳴勘六様が実は亡くなったお初の方が産まれた竹丸様だと聞き申した。されど、ご正室お江与様のご意向もあることゆえ、殿にお伝えしてよいものか、と思っておりましたが、ただいまのお振舞を拝見いたし、これならばご世子としてお迎えいたさねばならぬと思ったしだいでござる」

勘六は権平と顔を見合わせた。ふたりが黙っているので千草が兵部に顔を向けて口を開いた。

「それは、勘六をお城に迎えるということですか」

兵部は頭を振った。

「いや、お城に入られれば、お江与様の手の者によって殺められよう。殿はいま参勤交代にて江戸におわすゆえ、勘六様を江戸にお連れして一気にご対面の儀を行います。さすればお江与様も手を出す隙がございますまい」

　弥十郎がかたわらでうなずく。

「さよう、そうなれば竹丸様がお世継ぎとなり、すべてはうまくいくことになる。青鳴殿も仕官がかない、かような道場破りなどせずともすむようになりますぞ」

　権平は弥十郎をにらみつけた。

「嫌ですな」

　弥十郎は眉をひそめた。

「何と言われた」

「嫌だと申し上げた。勘六はわたしの弟です。これからも千草ともどもきょうだいで力を合わせて生きていきたいと思っております」

　権平がはっきりと言い切ると、千草も膝を乗り出した。

「兄上、よく申されました。わたくしも勘六を渡すつもりはありません」

　勘六はにこりとした。

「稲富様、お話はありがたく承りましたが、わたしは兄と姉がうるそうございますので、お申し出には従いかねます」

　兵部は厳しい表情になった。

「ことは御家の存続にも関わるのですぞ。さようなわがままが通るとお思いか」

権平が一歩前に出る。

「腕にかけても、勘六は渡しませんぞ」

由梨が立ち上がった。

「青鳴様の申されることは人情としてもっともかと思います。わたくしも青鳴様に助太刀いたします」

源之亟もゆっくりと立ち上がった。

「それがしも由梨殿同様に、ご助勢いたす」

源之亟までが助太刀すると言うのを聞いて、弥十郎はちらりと三右衛門と鉄太郎を見た。ふたりとも立ち合いに敗れて戦意を喪失しているのは明らかだ。

兵部が苛立った様子で弥十郎を見た。

「これはどういうことだ。竹丸様のお人柄を見たうえで、すぐに引き取るという手はずだったのではないのか」

弥十郎は軽く頭を下げた。

「いかさま。さように思いまして、まず青鳴権平を立ち合いで痛めつけ、抗えぬようにいたそうとしましたが、目算がはずれました」

「では、どうするのだ」

兵部に胡散臭げに見られて弥十郎は権平に顔を向けた。

「今日はこのまま帰られよ。稲富様と相談のうえ、あらためて勘六様をお迎えに行く。すでに闇姫様から手が伸びているようだが、闇姫様に与《くみ》すればお江与様に命を狙われるのは間違いない。勘六様を無事にお世継ぎにするには稲富様の力を借りるほかないのだ。稲富様によって殿との対面がかなえば、お世継ぎとなり、いずれは藩主となられる。貧乏道場で暮らすより、どれほどよいか、比べようもあるまい」

弥十郎に諭すように言われても、権平は表情を変えない。くるりと勘六と千草に向きなおって、

「帰るぞ」

とぽつりと言った。勘六は、

「兄上――」

と手をあげた。

「なんだ」

「まだ、道場破りでのお金を羽賀様からちょうだいしておりません」

勘六が声を低くして言うと、権平は鷹揚にうなずいた。

「そうであったな、ちょうだいしておけ」

勘六はにこりとして、師範席に近づき、

「よろしゅうございますか」

と言った。

弥十郎はやむなく門人のひとりに目配せをした。門人が紙包みを持ってくると受け取った弥十郎はあらためて勘六に差し出した。

「いずれ、ご世子になられる方と思えばこそ、差し上げるのですぞ」

弥十郎が苦々しげに言うと、勘六は紙包みの重みをたしかめてから懐に入れた。そして、笑顔になると、

「羽賀様、そういうのを負け惜しみというのです」

と言って背を向けた。

権平は由梨や源之亟もうながして玄関へと向かった。

兵部は大きくため息をついて勘六の背中を見送った。

二十

この日の夜、権平たちは、猪肉《ししにく》を買ってきて、シシ鍋にした。道場で鍋をつついていると、
権平は、ごほんと咳払いしてから、
「羽賀弥十郎はどれほど包んだのだ」

と訊いた。

勘六は猪肉を頬張ると箸を置いて、片手を突き出し、指を広げてみせた。

「五両か」

権平は顔をほころばせた。

しかし、勘六は頭を振ると、もう片方の手も突き出した。

指が十本。十両だ。

「ほう、十両もか。行ったかいがあったな」

権平がにこにこすると、千草は箸と茶碗を置いた。

「兄上、お金のことばかり喜ばれては困ります。今日、羽賀様のもとに乗り込んだのは、父上と尾藤先生の仇を捜すためではありませんか。それでなければ、せっかく由梨様と戸川様に来ていただいた申し訳が立ちません」

「そのことなら、もうわかった」

権平は平然と言うと、また猪肉を口に運んだ。

千草と勘六は目を見かわした。

勘六がおずおずと訊いた。

「たしかに勘六の言う通り、〈天狗飛び切り〉や〈神妙活殺〉をわざわざひとに見せる剣客はいないだろう。あのときはわたしも驚いた。だが、ひとりだけ驚いていなかった者がいる」

「では、あのとき、兄上は柿崎源五郎と和田三右衛門が父の仇ではないとわかっていたのですか」

権平は平然と答える。

「当たり前だ。子供にでもわかることだ」

「では、なぜそうは言われなかったのですか」

勘六はふくれて訊いた。

「だから、父の仇を捜していると言ってまわりの者たちの顔を見ていたのだ。すると、今度も弥十郎だけが落ち着いていたのだ」

権平はなんでもないことのように言って葱《ねぎ》に箸をのばした。千草は考え込んだ。

「それにしても羽賀弥十郎の狙いは何なのでしょう。今日も側用人様を連れてきて、勘六を引き取ろうとしましたが、何かの狙いがあるとしか思えません」

「そうだろうな、だが、わたしにとっては、もうどうでもいいことだ」

「どうでもいい？」

千草は首をかしげた。

「そうだ。どう見ても父上を斬ったのは羽賀弥十郎だ。いずれ、機会を見て弥十郎を討つ。それで終わりだ。家中のもめ事には関わりたくないから、なぜ父上が殺められたかについては知ろうとは思わぬ」

勘六は、猪肉をつまみながら、

「ですが、何が起きているのか気にはなりませんか」

「ならぬな」

権平は勘六が猪肉をつまんだのを見て、自分も箸を伸ばした。その猪肉をいつのまにか箸を手にしていた千草がさらった。さらに、すました顔で千草は玉子に猪肉をつけて口に運んだ。

権平はうう、とうなってから、再び鍋に箸を伸ばした。だが、権平の箸を持った手がぴたりと止まった。

——千草

権平はさりげなく声をかけた。千草が今度は葱をつまみながら、

「何です、兄上。肉のことなら早いもの勝ちです」

「肉のことではない」

権平の声音はいつになく真面目だった。

眉をひそめた千草は、何か思いついたように立ち上がると、師範席の刀架けに近づき、自らの刀をとった。さらに権平の刀を手にすると、するするとすり足で権平に近づいて刀を渡した。

権平は刀を受け取るなり、道場の入り口を振り向いた。

「夕餉時にこっそり入り込むとは無礼ではございませんか」

入り口にはいつの間にか羽織袴姿の柿崎源五郎が座っていた。勘六は驚いて手にしていた茶碗を取り落とした。

源五郎はにやりと笑った。

「食事が終わるのを待っておったのだが、シシ鍋のよい匂いのおかげで隠形《おんぎょう》の術が破れたようだな」

源五郎は立ち上がると刀を手にゆっくりと近づいてくる。足音がまったくしない、影のような歩き方だ。

権平は源五郎を見つめた。

「柿崎様は忍びの術を心得ておられるようですな」

源五郎は、権平のかたわらに座り、鍋を見ながら、

「当然だ。わしは坪内藩の隠密だからな」

と言った。そして、勘六に顔を向けた。

「わしもシシ鍋をいただきたいのだが、よろしかろうか」

勘六は眉をしかめて権平を見た。権平はうんざりした顔でうなずいてみせた。

勘六が茶碗と箸を取りに行っている間に、源五郎は、

「わしは殿の命により永年、闇姫様に付き添ってきた。お江与様から闇姫様を守るためだ。竹丸様の行方を知っていると思われる青鳴一兵衛がお江与様の手の者によって殺されてから、闇姫様は竹丸様の行方を必死に捜し、お江与様はそれを邪魔してきたのだ」

と言った。

勘六が首をかしげて訊いた。

「父はなぜ、殺されたのですか」

「お江与様は竹丸様が見つかればすぐに殺したかったようだが、家臣たちにしてみれば、仮にも主筋の方を手にはかけたくない。青鳴一兵衛さえ殺せば竹丸様がわが殿の子だと証だてられることはなく、闇に葬れると思ったのだろう」

源五郎はあっさりと答えた。

「ですが、その後になって勘六が竹丸様だとわかったのですか」

「お主たちが道場破りなどを始めたからだ。青鳴一兵衛の子の中に竹丸様と同じ年の者がいると知れ渡った。闇姫様は勘六様をご覧になってお初の方様に面差しがよく似ているので間違いないと思われたのだ」

「しかし、顔が似ているだけで竹丸様だと思われたのですか」

権平は訝しげに言った。

「いや、もうひとつ、青鳴一兵衛は捨て子を育てているという噂が近所や親戚の間にあったのだ。それで、勘六様をさらってみたところ、お主に心当たりがあることがわかったというわけだ」

そうか、源五郎が〈神妙活殺〉を教えろなどと言ってきたのは、勘六のことを探り出すためだったのか、と権平は思った。

勘六が台所から茶碗と箸を持ってきて源五郎に渡した。源五郎はかたじけない、と言って、さっそくシシ鍋に箸を伸ばした。

権平は顔をしかめて、自分も猪肉をとろうとしたが、そんなことをしている場合ではないと気づいた。

「柿崎様が今夜、来られたのはそのことを伝えるためでございましょうか」

「いいや、違う」

源五郎は猪肉を口に入れ、嚙みしめて味わうと、ふむ、うまいな、と満足そうにつぶやいた。

そして権平に顔を向けた。

「わたしが今夜、来たのは稲富兵部のことを伝えておかねば危ないと思ったからだ。そのために隠密である身分も明かしたのだ」

源五郎は打って変わって真面目な表情になった。

「どういうことでしょうか」

権平も真剣な面持ちになって訊いた。

「稲富兵部は側用人として殿の側近であることは間違いないが、お江与様の実家と縁がつながる親戚筋だ。つまり、昔からのお江与様派なのだ」

権平は目を瞠った。

「それでは今日、江戸で殿と対面させたいと言っておられたのは偽りなのですか」

「当たり前だ。勘六様を領内で殺しては人目がうるさい。そこで、江戸に向かうと見せて旅の途中で殺してしまおうという腹だ」

ひややかな口調で源五郎は言った。源五郎の言葉を聞いて、勘六は茶碗と箸を手にした。

「まったく、ひとの命を何だと思っているのだ。腹が立つなあ」

勘六は鍋に箸を伸ばして猪肉を次々に食べ始めた。その様を見て、権平はううむ、とうなりつつ、源五郎に顔を向けた。

「わたしたちはどうすればよいのかお聞かせ願いたい」

「ともあれ、生きのびることですな。いま、闇姫様が殿に会おうとして江戸に向かわれた。拝謁し勘六様のことを申し上げるはずじゃ。お顔に傷があるゆえ、女子として殿に会うのは辛かろう。だが、勘六様がお初の方様の子に間違いないと伝えることができるのは闇姫様だけじゃからやむを得ぬな」

源五郎は痛ましそうに言った。千草が眉をひそめて口をはさんだ。

「ですが、闇姫様が殿様に勘六のことを告げられたらどうなるのですか」

千草をちらりと見てから源五郎は口を開いた。

「無論、勘六様は殿のもとに引き取られる。そうなれば、もはやお江与様とて手は出せぬ。すべては丸くおさまる」

権平は膝に手を置いて言った。

「それは嫌だと今日申し上げました」

源五郎はため息をついた。

「そうは言ってもしかたがないではないか。血筋は血筋なのだ。ひとはその定めに従って生きるしかあるまい」

「わたしはそうは思わないのです。なぜなら、わたしたちきょうだいは三人とも血はつながっておりませんから」

権平は静かに言った。

二十一

「兄上、何を言われるのですか。わたしはともかく、兄上と姉上は実の兄、妹ではありませんか」

勘六が口をとがらせて言うと、権平は頭を振った。

「いや、そうではないのだ」

千草が権平ににじり寄った。

「どういうことなのですか。お聞かせください」

権平は千草と勘六の顔を見回してから口を開いた。

「これから先、わたしたちが三人で生きていこうと思えば命がけのことになるようだ。嘘があってはならないから話しておこう」

権平はそう言うと、源五郎を見つめた。

「柿崎様は先ほど、父が捨て子を育てているという噂があったと申されましたが、それは勘六のことではありません。捨て子だったのは、わたしなのです」

「なんと」

源五郎は口をぽかんと開けた。

「父はわたしが捨てられているのを素戔嗚神社の杉林の中で見つけたのです。どこの誰の子ともわかりませんでしたが、不憫に思って育ててくれたのです。わたしは小さいころは自分が捨て子だなどと知りませんでした。やがて父と母の間に千草が生まれ、わたしは本当の妹だと思ってかわいがりました。ですが、わたしはできの悪い子で剣術も上達せず、学問も進みませんでした。それで、父はわたしに〈神妙活殺〉を伝えようとしたのだと思います」

権平は話を続ける。

ある日、一兵衛はまだ幼かった権平を道場に立たせて、〈神妙活殺〉の形を見せた。

目を閉じ、無念無想となり、相手の動きを勘で知って立て続けに打ち込んでいくのである。

何も考えない打ち込みだけに、相手は呼吸を測る余裕もなく打ち込まれてしまうのだ。

だが、秘技であるだけに、権平にはなかなか習得できなかった。

一兵衛もこれは、無駄であったか、とあきらめかけた。

そんなおり、権平は道場での稽古の後、古参の門人三人が井戸端で汗をぬぐいながら、権平のことを話しているのを耳にした。

弟子たちは権平に剣の才が無いようだ、と言って道場の後継者は誰になるのだろうと話に花を咲かせていた。そのうちに、門人のひとりが、

「権平殿が捨て子であったという噂があるが、まことであろうか」

と言い出した。

もうひとりの門人が笑って言った。

「どうも本当らしいな。昔、ここにいた女中に聞いたことがある。先生がある日、赤ん坊を連れて帰ったので皆、びっくりしたそうだ」

「そうか、道理で権平殿は先生に似ておらぬな」

別の門人が相槌を打つ。話の口火を切った門人が、

「千草様は先生によく似ておられる。気性もしっかりしておられるようだから、本当は千草様に婿をとって道場を継がせるのがよいのではあるまいか」

と話を続けた。

「だとすると、権平殿はどうなるのだ」

「剣の才もないようだから、道場を出ていってもらうしかあるまいな」

それは、気の毒なことだな、と門人たちは笑いながら話した。

その話を物陰で聞いた権平は衝撃を受けて、呆然とした。手に木刀を持ったまま、ふらふらと門をくぐって外へ出た。

どれほど歩いただろう。気がついたら、近くの林に来ていた。そのとき、

「兄上、助けて」

という千草の悲鳴が聞こえた。

見ると、千草が七、八頭の野犬に取り囲まれ、青ざめて立ちすくんでいる。

その様子を見た瞬間、権平の頭の中は、妹の千草を助けなければという思いだけでいっぱいになった。

走りながら、権平は思わず、父から教わったばかりの、

——神妙活殺
という声を発していた。

それからのことは覚えていない。はっとしてまわりを見回すと、七、八頭の野犬がいずれも頭を割られて倒れていた。

自分がやったことなのか、と驚く権平に千草が泣きながらすがってきた。ほどなく一兵衛が駆けつけて、ふたりを屋敷に連れ帰った。

その夜、権平は道場で一兵衛に自分は捨て子だったのか、と訊いた。一兵衛はしばらく考えてから、

「そうだ」

と言った。権平は肩を落とし、うなだれた。自分はこの道場にいてはいけない、出ていかなければならないのだ、と思った。

だが、一兵衛はなおも話を続けた。

「たしかにわたしとそなたは素戔嗚神社の杉林で初めて会った。しかし、捨て子を拾ったなどとは思っておらぬ。神よりの授かりものであったと思っている。それゆえ、そなたはわたしにとってまぎれもないわが子なのだ」

一兵衛の言葉は温かかったが、権平は素直にうなずくことができなかった。

「ですが、千草は父上のまことの娘です。千草の方が大事だと思われているに違いありません」

権平が泣きながら言うと、

――馬鹿者

と大声を発して一兵衛は権平の頬を叩いた。権平は転がったが、すぐに跳ね起きた。

一兵衛は慈愛の籠った目で権平を見つめた。

「血がどうであれ、心がいったん通じ合ったならば親子であることに変わりはない。そなたはわたしの息子である。それゆえ、いずれこの道場はそなたに引き継ぐ。千草ともども、そなたに守っていってもらいたいと願っておるぞ」

「わたしには剣の才はございません」

権平がなおも言うと、一兵衛は頭を振った。

「いや、さようなことはない。そなたは、わが流派が始まって以来の麒麟児かもしれぬとわたしは思っている」

「まさか、そのような」

権平は麒麟児と言われてあわてた。

「嘘ではない。今日、そなたは、千草を救うために〈神妙活殺〉を使ったではないか。わたしが教えた技をいつの間にか会得していた。しかも、わたしが教えた以上の〈神妙活殺〉としてな」

権平はぽかんとした。

「教えた以上、とはどういうことでしょうか」

「〈神妙活殺〉は無我の剣だ。それだけにおのれがあからさまに出る。そなたの胸の奥底にはいとおしい者を守るために荒れ狂う摩利支天《まりしてん》が棲んでいるようだ。それゆえ、そなたの〈神妙活殺〉は荒々しすぎるのだ。その荒々しさを抑えて封じる工夫をいたさねばなるまい」

一兵衛はそう言って、権平に〈神妙活殺〉を振るう前に、数を数える習慣を身につけさせたのだ。

権平は、捨て子であったことを忘れようと懸命に〈神妙活殺〉を稽古したのだった。

「信じられません。そんなことがあったのですか」

千草は涙ぐんだ。勘六も物思いにふけっている。

権平は源五郎に顔を向けた。

「そういうことですから、わたしは血のつながりよりも、親子、きょうだいとして過ごしてきた縁《えにし》を信じております。この道場を千草と勘六ともども守っていくことは、父から何度も言われました。わたしにはこれ以外の生き方はないのです」

源五郎はため息をついた。

「なるほど、そういうことであったか。青鳴殿の〈神妙活殺〉が際立って凄まじいのはそのためでござったか」

権平はうなずく。

「はい、ですから、わたしは勘六を稲富様にも闇姫様にも渡しはいたしません。もし、腕ずくで来られるときには、わたしの〈神妙活殺〉を破る工夫をされてから、お出でください」

「なるほど、そのようだな。わしはお主らに害をなすつもりはないが。代々、隠密を務めてきたからには、主命に逆らうことはできぬ。勘六殿を奪えとの命が下れば、ただちにこの道場に来ることになるぞ」

源五郎はそう言うと立ち上がった。

「シシ鍋はなかなかにうまかった」

源五郎はにこりとして道場から出ていった。

その背中を見送った権平は床板にあおむけに倒れて大の字になった。

「やれ、やれ、隠し事を話してすっきりしたぞ」

勘六がそばに座って、

「それはようございました。わたしだけ、親が違うのかと仲間はずれになったような気がして寂しく思っておりましたが、これで兄上とまったく一緒ですね」

と言った。権平は大きく伸びをして応じる。

「そうは言っても、勘六は殿様の子だ。それに比べ、わたしはどこの誰の子ともわからぬ捨て子だ。身分に随分とへだたりがあるではないか」

勘六は腕を組んだ。

「さようなことはありません。兄上はひょっとしたら、将軍様の子かもしれませんし、京の公家の子か、あるいは大変な大金持ちの大坂商人の子なのかもしれないではありませんか」

「そんなひとたちは捨て子などしないだろう」

「それなら、わたしも同じことです。大名の子がこっそり育てられるなどあるはずもないではありませんか」

権平と勘六は笑い合った。すると、千草が、

「ふたりとも勝手にそんな話をして。わたくしが一番、つまらないような心持ちになってしまいます」

と言った。勘六があわてて言い添える。

「姉上は間違いなく青鳴家の娘なのですから、堂々としておられればいいのです」

「そうだ、威張っておればいいのだ」

権平はうなずいて言うと一言だけ付け加えた。

「いつものようにな」

「兄上、いま何とおっしゃいました」

千草が柳眉を逆立てた。

そのころ、羽賀弥十郎の屋敷で弥十郎と兵部は酒を酌み交わしながら話していた。

兵部は苦い顔をして、

「今日は、とんだしくじりであったな。どうするつもりだ。お江与様はお怒りになられよう」

「されば、領内から連れ出してと考えたのが姑息に過ぎたようです。この際、ひと思いにきょうだいともども成敗いたしましょう」

弥十郎は盃を口に運んで平然と言った。

「さような荒々しい真似をいたして大丈夫なのか」

「幸い、闇姫は江戸の殿に会いに向かったそうです。闇姫が領内にいない間なら荒い手を使っても殿のお耳には入りますまい」

弥十郎は兵部の盃に酒を注いだ。兵部は不安げな面持ちで、

「とは言っても、そなたの息のかかった道場主のうち、ふたりまでが、あ奴らに打ちすえられて意気阻喪しておるではないか。彼の者たちを襲う手駒はあるのか」

と訊いた。

「ご心配なさいますな。街道筋には荒い仕事をいたす、浪人や無頼の徒《やから》はいくらでもおります。いささか時をかけてひとを集め、一気に襲いましょう。皆殺しにしたうえ、道場には火をかけて跡形もなくしてご覧にいれます」

自信ありげに弥十郎は言った。

「そこまで言うのなら信じるほかはないが、あの若い男が使う〈神妙活殺〉なる技は恐ろしい

もののようだな」

弥十郎ははっはと笑った。

「あの〈神妙活殺〉はもともと死んだ青鳴とわたしが工夫いたしたものです。それゆえ、あの技を破る手立てもわかっております」

「なんと」

「それゆえ、安心いたしておまかせください。あの者にとって次に〈神妙活殺〉を使った日が冥土への旅立ちの日となりましょう」

「そんな技があるのか」

「技ではありません。手立てと申し上げた」

弥十郎はくっくと笑った。

二十二

十日後――

権平は道場でひとり稽古をしていた。

間もなく昼が近い。

勘六は部屋で書物を読んでおり、千草は昼餉の支度をしていた。

木刀を構えて佇立していた権平は不意に気合を発した。床板を踏み鳴らして、前後左右に動き、木刀を振るった。

無暗《むやみ》に動いているようだが、実は仮名の「いろはにほへと」をなぞる動きだった。「い」の形に左右に木刀を振り下ろし、「ろ」の形に横に振った木刀を斜めに振る。さらに弧を描く。同じように他の文字も木刀でなぞっていく。

実はこれが、〈神妙活殺〉の基本となる動きだった。

〈神妙活殺〉で無念無想の境地に入った時、脳裏には、「いろは」の文字の形だけが浮かんでいる。

「いろは」の順番通りではなく、対する相手の動きに応じてとっさに文字が浮かび、刀を振るうのだ。だから、この「いろは」の形《かたち》が体に染みこむまで繰り返し、形《かた》の稽古をするのだ。

そうでなければ、たとえ無念無想になっても〈神妙活殺〉の技は振るえない。

なおも木刀を振るっていた権平は、不意に、「いろは」とは違う動きをした。

かっ
音を立てて手裏剣がはたき落とされた。何者かが道場の格子窓から権平めがけて投げ打ったのだ。

権平は格子窓を睨んだが、すぐに床に目を落とした。手裏剣には文が結びつけられていた。

権平は手裏剣を拾い上げると結んであった文をほどいた。

文を開いて目を走らせる。

「なるほど、わたしに出てこい、と言うのか」

文には、今夜、素戔嗚神社にひとりでくるように、と書かれていた。こちらもひとりで立ち合い、雌雄を決しようと書かれ、羽賀弥十郎の名があった。

素戔嗚神社は城下のはずれにあり、かつて捨て子だった権平は境内裏の杉林で一兵衛に拾われた。

「道場を襲うかと思ったが」

権平は手裏剣と文を懐に入れながらつぶやいた。

弥十郎がひとりで立ち合うなどという言葉は信じなかった。だが、勘六と千草とは別の場所で戦うほうが権平は気が楽だった。

弥十郎にしても、藩主の子である勘六をあからさまに殺すことにはためらいがあるのだろう。できれば邪魔立てする権平を殺しておいて、勘六と千草はひそかに手にかけるつもりなのかもしれない。

（いずれにしても弥十郎を斬ればわたしたちを襲う者はいなくなるだろう）

勘六が城中に引き取られるかもしれないが、それは勘六の考えさえしっかりしていれば、何とかなるのではないか。

素戔嗚神社で決着がつけられるのなら、それもよい、と権平は考えた。そのとき、

「兄上、お昼の支度がととのいました」

道場の入口から千草が声をかけた。権平は振り向かずに木刀を素振りしながら、

「なんだ。また、素麵か」

と訊いた。千草は驚いた顔をした。

「さようです。よくわかりますね」

「昨日も一昨日も昼は素麵だった。子供でも気づくだろう」

権平はうんざりした顔で振り返った。

「勘六が素麵をまとめて買ってきたからしかたがないのです」

「あいつはそんなに素麵が好きなのか」

意外だという表情で権平が訊くと、千草は即答した。

「安かったからに決まっているではありませんか」

「なるほど」

権平はなおも素振りをしながら、さりげなく、

「今宵は、夜稽古に行く」

と告げた。これまでも夜目を慣らすための夜稽古を近くの原っぱなどではしてきた。

「危なくはございませんか」

千草が心配げに言った。

「何、案じるな。羽賀弥十郎は勘六が稲富兵部様のもとへ行くまでは手を出したくても出せないだろう」

「そうでしょうか」

千草はなおも案じる気配だったが、権平は素振りをやめて、

「さて、三日続けての素麺を食べるとするか」

と言って、笑いながら台所に向かった。

台所にはいつの間にか勘六が来て座っていた。

「何だ。勘六、早いではないか」

権平が言うと、勘六はため息をついた。

「わたしはいつも決まった時刻にお腹がへります。兄上のように勝手気ままにはできておりませんから」

なるほど、そういうものか、と言いながら権平は自分の膳の前に座った。

千草が鍋から椀に素麺をよそってくれるのを親鳥から餌をもらうひな鳥のように、権平と勘六は待つのだった。


夕刻になると、権平は道場を出た。

素戔嗚神社に行く前に尾藤道場の由梨を訪ねた。

権平が弥十郎の申し出に応じて素戔嗚神社で立ち合うつもりだ、と話すと、由梨は目を瞠った。

「それはなりますまい。向こうは罠を仕掛けて参るに決まっております。わたくしもご助勢に参りましょう」

権平は頭を振った。

「いや、こちらも人数をそろえては、騒擾《そうじょう》になり、弥十郎を仕留めるのは難しくなります。たとえどのような罠であれ、最後にわたしを仕留めようとするのは弥十郎でしょう。弥十郎を倒す千載一遇の機会があると思います」

「あまりに無謀ではありませんか。青鳴殿を失えば、千草殿や勘六様が悲しみますぞ」

由梨は眉をひそめた。

「そうかもしれませんが、わが道場を守るにはこれしか方法はないのです。わたしはできの悪い兄ですが、千草と勘六はしっかりしています。弥十郎さえ倒せば、後は切り抜けていけるでしょう」

権平は淡々と言った。由梨はため息をつく。

「青鳴様は千草殿と勘六様のために命を賭けるつもりなのですね」

「わたしにできるのはそれぐらいのことですから。ただ、わたしが素戔嗚神社に行っている間に道場が襲われると困ります。それで、由梨様に千草と勘六を守っていただきたいのです」

「わたしだけで守れるでしょうか」

由梨は危ぶむように言った。

「実は戸川源之亟様にも同じ願いをしに参るつもりです。戸川様には別なお願いもいたしたいと思っていますので」

権平は目を伏せて言った。

由梨は首をかしげた。

「別な願いとは何でしょうか。不躾《ぶしつけ》ながらおうかがいしてもよろしいでしょうか」

由梨に問われて権平は顔を赤くして答えた。

「わたしが戻らなかった時、戸川様に千草を守っていただきたいのです。できれば千草を戸川様の妻にしていただければ、と思っております」

「ああ、そういうことでございますか」

うなずいた由梨は少し考えてから、

「わたくしは何となく、青鳴様と千草殿は血がつながってはいないのではないか、と思っておりましたが、違いましょうか」

と訊いた。権平はどきりとして押し黙った。由梨はその様子から察したのか、話を継いだ。

「青鳴様は千草殿のお気持をおわかりでないように思います」

「千草の気持ですか？」

問い返しても、由梨は微笑むだけでそれ以上は答えようとはしなかった。

権平は首をひねりながら、尾藤道場を辞して、戸川道場へ向かった。

権平から素戔嗚神社に行くことを聞いた源之亟は由梨と同じ様に止めた。しかし、どうしても権平が意志を曲げないと知って、

「わかりました。青嗚殿が弥十郎と立ち合っている間、道場はわたしと由梨殿で守りましょう」

と告げた。だが、権平が千草を妻にして欲しいと言うと、源之亟は一笑に付した。

「さようなことは千草殿が望まれますまい」

権平はむっとした。

「なぜでございますか。なるほど千草は少し気が強く、口やかましいところがありますが、根はやさしゅうございますし、容貌も飛び切りとは言わなくとも、なかなかのものではないかと思いますぞ」

源之亟は苦笑しながら、

「なるほど千草殿はよき女人だと思いますが、それとこれとは別でございます。なぜなら、わたしには妻に迎えたいと思う女人がすでにいるからです」

ときっぱり言った。

権平は目を丸くした。そして、確かめるように訊いた。

「その女人とはもしや尾藤道場の由梨様でございますか」

源之亟は頭を振った。

「申し上げられません」

想う相手は由梨様なのだな、と権平は少し憮然として戸川道場を出ると、素戔嗚神社を目指した。

歩きながら由梨様と源之亟殿なら似合いの夫婦になりそうだ、と権平は胸の中でつぶやいた。

何となく気落ちしていた。

二十三

由梨と源之亟に会った後、権平は菩提寺《ぼだいじ》の徳衆寺《とくしゅうじ》にまわって父、一兵衛の墓に参って千草と勘六のことを頼んだ。素戔嗚神社についたときは、すっかり日が暮れていた。夜神楽《よるかぐら》の稽古なのか、どこかから太鼓の音が聞こえてくる。

権平は眉をひそめた。太鼓の音を聞くと、なぜか不安になった。

(どういうことだ)

わずかに動揺しながら、権平は社殿に近づいていった。

社殿の前に影法師のように、弥十郎がひとりで立っている。権平は弥十郎を見定めると刀の鯉口に指をかけた。

羽織袴姿の弥十郎は腕を組んで立っていたが、権平が近づくとにやりと笑った。

「遅かったな。怖気づいたのかと思ったぞ」

「わたしがいない間に道場を襲われては困りますので、その手当てをして参りました」

権平は落ち着いて言った。弥十郎を前にすると、不安がかき消え、迷いが無くなっている。

「そうか。尾藤と戸川に助勢を頼んだか。どうせなら、妹や弟、それに助太刀のふたりも引き連れてくればよかったのだ」

「それがあなたの狙いだったのではありませんか。その手にはのりません」

権平は弥十郎を睨みつけた。

「そう思いたければ思うがよい。ここは神域だ。血で汚すわけにはいかん。立ち合う場所まで案内しよう」

弥十郎は背を向けて歩き出した。

不審に思いながらも権平は後をついていく。

弥十郎は神社の裏手にある杉林へと権平を連れていった。

（ここは、まさか——）

権平は嫌な予感がした。一兵衛は素戔嗚神社の杉林で捨て子だった権平を拾ったらしい。だとすると権平が捨てられていた場所はここなのか。

弥十郎がそのことを知っているとは思えないが、権平は何となく背筋がつめたくなるのを感じた。

ここでは立ち合いたくない、と思ったが、弥十郎が立ち止まったからにはやむを得ない。

弥十郎は振り向くと羽織を脱いだ。すでに刀の下げ緒でたすきをかけている。


権平を見つめて弥十郎は口を開いた。

「立ち合う前にひとつだけ教えておいてやろう。一年前に青嗚一兵衛を闇討ちしたのはわたしだ。だが、闇姫様やお江与様の命に従ったわけではない。ただの私怨だ」

「私怨だと」

権平はかっと目を見開いた。

弥十郎は薄く笑った。

「わたしと一兵衛は若いころ、交わりが深かった。そのころ〈神妙活殺〉を共に工夫したのはわたしだ。その後、藩の指南役となって交わりを絶ったが、一兵衛が〈神妙活殺〉の技を作り上げたと吹聴しているのを聞いて笑止だと思った。しかも、その秘技を息子に伝えたというではないか」

「それが許せなかったのですか」

権平は腰を落とし、身構えながら訊いた。

「わたしは城下の剣客の中から抜きん出て藩の指南役になったのだ。しかし、剣客の間での人望は一兵衛の方があった。しかも秘技を会得し、子にまで伝えたというのだ。わたしは許せなかった。それで、尾藤一心を見届け人としてこの素戔嗚神社で立ち合った」

「では、闇討ちの前に立ち合ったのですか」

「そうだ。たがいに〈神妙活殺〉を使った。だが、なぜかその立ち合いでわたしは敗れた。指南役としての体面を保たねばならないわたしにとって、このことは何としても秘さねばならぬことだった。それで、殿様から一兵衛を殺す指図があったかのように闇姫籤で装って一兵衛を斬ったのだ」

「おのれ、卑劣な」

権平は歯ぎしりした。

「何とでも言え。だが、貴様はこの素戔嗚神社に捨てられていた捨て子だったそうではないか。わしはそのことを青鳴道場の古参の門人から聞いておった。だからこそ、許せなかったのだ。わしが工夫した秘技が貴様のような、どこの馬の骨ともわからぬ、捨て子に伝えられたということがな」

嘲るように弥十郎は言い放った。

心を動揺させようと企んで言っていることだとはわかったが、権平は憤りに我を忘れそうになった。自分に〈神妙活殺〉を伝えたことで一兵衛が命を失うことになったと思うと、申し訳なさで身が震えた。
「許さぬ」
権平は刀を抜き放った。その時、
どーん
どーん
どーん
と太鼓の音が響いた。
はっとして権平はあたりを見まわした。
杉林の中に権平を三方向から囲む形で太鼓が据えられ、それぞれ無頼の者らしい町人が打ち鳴らしている。
弥十郎はゆっくりと刀を抜きながら口を開いた。
「〈神妙活殺〉は無念無想とならなければ使えぬ。いかに鎮めようとしても大きな音は心を乱す。もはや、貴様に〈神妙活殺〉は使えぬ」
「そんなことはない——」
権平は叫ぼうとしたが、
どーん

どーん
どーん
という太鼓の音が耳について離れない。
さらにこの場所がかつて赤子の自分が捨てられていたところだ、という思いが胸を過《よぎ》って手足の力が失われていく気がした。

杉林に十数人の浪人者たちが入ってきた。
気が付けば、いつの間にか権平は取り囲まれている。しかも、太鼓は続け様に打ち鳴らされて、権平の心気を乱していた。
権平は瞼を閉じて、懸命に無念無想になろうとした。
ひとおつ
ふたあつ
だが、その声に太鼓の音がかさなり合う。
どーん
どーん
権平は眉をひそめ、大きく口を開いた。
みいいつ

その様を見て、浪人たちが笑った。
「まるで幼子のようだな」
「なにしろ仇名があおなり殿らしいからな」
「幼子であっても不思議はないぞ」
「ほら、どうした。泣きべそをかいているのではないか」
浪人たちはまわりで囃《はや》し立てる。さらに、太鼓の音が、
どーん
どーん
と響く。権平は歯を食いしばって、
よっつ
と数えた。その時、弥十郎が、
「数え終わらぬうちに斬れ」
と大声を発した。おう、と応えて、浪人たちは刀を抜き連ねて、権平に襲いかかる。権平は目を見開いた。
横から浪人が斬り込むのをかわして、正面の刀を弾き返し、さらに後ろから斬りかかられたのを袈裟懸けに斬った。
浪人が血飛沫《ちしぶき》を上げて倒れると、権平はそれを跳び越えて走った。太鼓の音の包囲から逃れ

なければならない、と思った。

走る権平に追いすがってきたのに振り向き様、左右続けて斬りつけた。

――い
の形だった。斬られた浪人がうめいて倒れる。権平はそれに構わず、なおも走った。すると、先回りされて前から斬りかかってくる。

権平はとっさに横になぎ、さらに斜めに斬り下ろして、大きく弧を描いて刀をまわした。

――ろ
の形である。浪人は弾かれたようになって倒れた。

弥十郎が苛立って叫んだ。

「何をしておる。囲むのだ。囲んで一斉にかかれば逃れられんぞ」

浪人たちも、

「囲め」

「逃がすな」

と叫びながら、権平を包囲した。

太鼓の音からやや逃れたものの、囲まれてしまっては、無念無想になる余裕はなかった。大きく息を吐いた権平は、刀を正眼に構え、浪人たちに向かってではなく、刀を上げると、大きく、

――は

の形を宙に描いた。それに引きずり込まれるようにふたりの浪人が斬りかかってきた。権平の白刃が光った。

――に

の形だ。ふたりは同時に倒れた。権平の剣技の凄まじさに浪人たちは恐れをなしたのか、もはや斬りかかろうとする者がいなくなった。

その様子を見て、弥十郎は前に出ながらくっくっと笑った。

「なるほど、一兵衛が仕込んだだけのことはあるな。貴様がそれほどまでの腕でなければ一兵衛も〈神妙活殺〉の秘技を得たと吹聴することはなかったかもしれんな」

「ならば、太鼓など使わずに立ち合いますか」

「そうはいかん。わしを斬りたければ、こちらへ来い」

弥十郎は権平がせっかく逃れた太鼓の包囲の中に入っていく。権平がやむなくついて行こうとした時、不意に太鼓の音が止んだ。

権平がはっとして見まわすと、三つの太鼓の傍にそれぞれ千草と由梨、源之亟が刀を手に立っている。いままで太鼓を叩いていた無頼の町人たちはそばに倒れていた。

「千草、それに由梨様、源之亟殿まで」

権平が声を上げると、千草が応じた。

「兄上がひとりで出かけるから、由梨様、戸川様にまでお手数をかけてしまったのです。少しは考えていただかねば困ります」

「勘六はどうしたのだ」

権平があたりを見まわしながら訊くと、千草の背後から勘六が顔を出した。

「わたしならここです」

「無事だったか」

権平はほっとして言った。

「無事だったかではありません。由梨様が戸川様とともに道場にお出でになり兄上が素戔嗚神社に行ったと教えてくださったからよかったものの、それでなければ、わたしたちは大事な兄上を失って泣きの涙で暮らさねばならないところでした。勝手な振る舞いは今後、慎んでくださ い」

言いながら勘六は涙ぐんでいた。

「すまなかった。だが、ひとりで来たおかげで、羽賀弥十郎は、父上を討ったのは私怨だったと白状した。わたしたちは心置きなく、父の仇討ができるのだぞ」

権平の言葉を聞いて千草が前に出てきた。

「兄上、まことでございますか」

「まことだ。いまから仇を討とう」

権平は弥十郎に向き直った。勘六が駆け寄り、

「兄上、わたしも仇討をいたします」

と力強く言った。由梨が、ご助勢いたしますぞ、と声を発すると、源之亟がそれがしも、と続いた。

権平は刀を提げて弥十郎に近づいた。

「仇を討ちます。覚悟されよ」

弥十郎はせせら笑った。

「馬鹿め、わしは仮にも藩の指南役だぞ。見届け人もなく仇討などできるはずがない。見届け人がいなければただの私闘にすぎん」

弥十郎が言い終わらぬうちに、

「ならば、わたくしが見届け人を務めましょう」

という声が上がった。

声がした方向に振り向いた弥十郎はぎょっとした顔になって、

——闇姫
とうめくような声を上げた。

白い装束に白い頭巾をかぶり、能面をつけた女が立っている。

傍らに柿崎源五郎が付き添っている。

二十四

「どういうことだ。闇姫様は殿に拝謁するために江戸に向かったのではなかったのか」

弥十郎は歯噛みして言った。

「江戸には、手紙を託したわたくしの侍女のひとりを同じ装束で能面をつけさせて向かわせました。殿は手紙にてすべてを知られることになりましょう」

闇姫こと小篠の方はこともなげに言った。すると、源五郎が、

「青鳴一兵衛殺しがお江与様の命によるものではなく、羽賀殿の私怨であることもしっかりと聞き申した。このことをお伝えすれば、お江与様を咎めずにすむゆえ、殿は喜ばれましょう」

と言い添えた。

弥十郎は源五郎を睨んだ。

「そうか、お主、殿の隠密であったか。わしに味方する振りをしながら、面従腹背しておったか」

「それは他の道場主たちも同じでござるよ。いずれ、藩の指南役に取り立てられたいという欲があるゆえ、羽賀殿の言いなりになってきたまでのこと。羽賀殿が失脚するのであれば、さっそく後釜を狙って和田三右衛門あたりは動き出すでしょうな」

弥十郎は嗤った。

「お主は指南役の座は狙わぬというのか」

「わたしは隠密ゆえ、生涯、陽の当たる場所には出ぬ定めでござるよ」

源五郎はからりと笑った。弥十郎は権平に顔を向けた。

「思いがけないことになったが、すべてはお主との決着をつけてからのことだ。返り討ちは武士の習いだ。たとえお主たち三人を斬り捨てても誰からも苦情は出ぬ。青嗚一兵衛のことは武道をめぐっての果し合いだと言えば、それで通ることだからな」

権平はうなずいた。

「承知いたした」

弥十郎は由梨と源之亟に目を向けて、

「仇討は青嗚三きょうだいがいたす。尾藤道場と戸川道場は手を出すな。もし、あくまで助勢をするというなら、わたしも浪人どもを助太刀に使う。さすれば城下での騒擾ということになって、後々、面倒なことになるぞ」

と言った。源五郎がにやりと笑った。

「なるほど、これは羽賀殿が申される通りだ。騒擾ということになれば誰も得はいたしませんな」

権平もうなずいて、由梨と源之亟に向かって、

「お手出し無用に願います。これはわたしの仇討でございますから」

と言った。由梨と源之亟がうなずくと、千草と勘六は権平の傍へ急いで走り寄った。

「兄上、わたくしたちはともに仇を討ちます」

千草が言うと、権平はゆっくり頭を振った。

「いや、弥十郎とはわたしひとりで戦う。そなたたちは見ていてくれ。わたしが返り討ちにあったらそのときこそ仇を討てばよい」

勘六が必死になって言った。

「しかし兄上、三人で力を合わせたほうが勝てるのではありませんか」

「わたしたち三人が力を合わせるのは生きるためであってひとを斬るためではない。ひとを斬るのはわたしだけでよいのだ」

権平は、兄のいいつけに従え、と強く言うと、それ以上、話そうとはせずに弥十郎に近づいていった。

弥十郎はさりげなく後ろに下がって他の者たちと距離を置いた。権平はためらうことなくついていく。弥十郎はまわりを見定めてから足を止めた。

「ここらが、ちょうどよさそうだ」

弥十郎が言うと、権平は刀を正眼に構えた。その瞬間、弥十郎はいきなり斬りかかった。

権平に〈神妙活殺〉を使わせないためだった。

――一閃
稲妻のような斬り込みを権平はかろうじて弾き返した。だが、弥十郎はなおも続けざまに凄まじい勢いで斬りつける。押されて後退った時、木の根に足がかかって権平は倒れた。

――兄上
千草が悲鳴のような声を上げた。弥十郎がふわりと跳んで〈天狗飛び切り〉を仕掛けてきた。

「死ねっ」

怒号とともに弥十郎の刀が襲ったが、権平はごろごろと地面を転がって避け、素早く立ち上がった。

弥十郎の刀は虚しく空を斬った。

地面に降り立った弥十郎は片膝をついた。何をしているのか、と思ったら片手で土をつかむと権平の顔に向けて投じた。

土煙があがり、権平の目に土が入った。たまらず権平は目を閉じて後退りしつつ、

「卑怯――」

と叫んだ。弥十郎は笑った。

「命のやり取りをしているのだ。卑怯、無礼は当たり前のことだ」

権平は目に土が入り、何も見えなくなっていた。

「兄上――」

千草と勘六が叫んで駆け寄ろうとしたが、権平は、

「来るな」

と大声で言った。さらに、目を閉じたまま正眼の構えをとる。

「まだ勝負はついていない。いまから〈神妙活殺〉の真髄を見せてやるぞ」

権平の言葉を聞いて弥十郎はひややかに言った。

「目が見えなくなれば、〈神妙活殺〉の無念無想に入りやすいと思うのだろうが、はたしてそううまくいくかな。ここはお前が捨てられていた杉林だぞ。誰の子かもわからぬということは、この世で誰にも大切に思われていないということだぞ。ここで、無念無想になろうとしても、お前の心が許すまい」

「先ほどはそうでした。ですが、今は違います」

権平は静かに言った。

「違うだと、きょうだいが駆けつけて元気になったのか。それとも、お前を育てた一兵衛がお前をわが子のように慈しんだなどと本気で思っているのか」

弥十郎はせせら笑った。権平は目を閉じたまま、

「そうです。わたしにはわかったのです。大切にされたかではない。誰を大切に思っているかなのだと。わたしは妹の千草と弟の勘六を大切に思っています。ひとを大切に思うものは、ひとから大切に思われているのです」

と告げた。

弥十郎は、足音を忍ばせて権平に近づきながら、声を低めて、

「世迷いごとを申すものだな」

とひややかに言った。

「世迷いごとでは、ありません。それに、あなたは〈神妙活殺〉のことでも思い違いをしています」

「偽りを申すな」

弥十郎は思わず腹立たし気な声を出した。

「偽りではありません。あなたは亡き父とともに〈神妙活殺〉の技を工夫したと言った。しかし、あなたが工夫した技と父が極めた〈神妙活殺〉は違うのです」

「一兵衛をかばいたいあまりにさような出鱈目《でたらめ》を言うのであろう」

憎々しげに弥十郎は言う。

権平は頭を振った。

「違います。あなたが工夫した技とは、無念無想になり、おのれの裡《うち》に秘めた力を引き出そうというものだったのではありませんか」

「いかにもその通りだ。だからこそ、日ごろは、あおなりなどと呼ばれて頼りない貴様でも常にない力が出るのだ」

弥十郎はさらに間合いを詰めたが、顔をのけぞらせて話し、権平に間合いを悟らせない。だが、権平は落ち着いた様子で言い継いだ。

「そこが違うのです。父上は日ごろ、稽古で鍛え上げた技を心の迷いに関わりなく繰り出せる技として〈神妙活殺〉を作りあげたのです」

「どういうことだ」

弥十郎は苛立たしげに問うた。

「されば、死力を尽くして、おのれの技を振るおうとしても心に迷いがあればすべての力を出し尽くすことはできません。それゆえ、無念無想となり、おのれの力を余すところなく発揮しようというのが、父の工夫である〈神妙活殺〉です」

「どのように言おうとも、無念無想の技であることに変わりはあるまい」

弥十郎は吐き棄てるように言った。

「いいえ、違うのです。あなたが考えた、日ごろにない力を出す技は無念無想にあらず、自らが持たぬ力を得たいという虚《うつろ》の技です。父の工夫は自らが稽古で得たものを表すための真《まこと》の技です」

「小賢しいことを申す。ならば、そのように目が見えずともおのれの技が振るえると言うのか」

弥十郎の目が殺気を帯びて光った。

「できます。なぜなら〈神妙活殺〉とは神妙活殺流の技そのものなのです。すなわち、無念無想で振るうならばわが流派のすべての技が〈神妙活殺〉なのです。それゆえ、わたしは、もはや数を数えなくとも〈神妙活殺〉が使えます」

言い終えた権平は、刀を顔の前で真っ直ぐに立ててからひと声、鋭く叫んだ。

——神妙活殺

その声に引きずられるように弥十郎が斬り込んだ。

権平は避けない。

ただ、ゆっくりと刀を振り上げてから斬り下ろした。

もはや、生も死も乗り越えた無念無想の境地だった。敵の刃を恐れず、自らの刀が何を斬ろうとしているのかも忘れていた。

斬りつけた弥十郎の刀はそれ、しかも権平があたかも据え物を斬るかのように無造作に斬りつけた刀の下に身を置いていた。

血飛沫が迸った。

首筋を斬られた弥十郎はそのまま地面に頽《くずお》れた。

千草と勘六が歓声をあげながら、権平に駆け寄った。

素戔嗚神社での権平と弥十郎の立ち合いは、権平が親の仇を討ったものと藩庁でも認めた。

藩主から小篠の方には、勘六が行方不明となっていた若君であることを突き止めたことにお褒めの言葉があった。

そして表立ってお江与への咎めはなかったものの、家中に争乱を起こすようなことになれば、そのままでは捨て置けなくなるぞ、という諭しが藩主自身の口からあった。

お江与は弥十郎があたかもお江与の命であるかのように装って青鳴一兵衛を殺していたと聞かされて後悔し、身を慎むようになったという。お江与についていた稲富兵部も隠居せざるを得なかった。

勘六については吉日を選んで城中二の丸に上がることが藩庁から青鳴家に申し渡された。それにともない権平を藩の剣術指南役にするということもお達しがあった。


素戔嗚神社での仇討から三月後、明日には勘六がお城に入るという日の早暁、権平と千草、勘六は旅姿で道場の前に立った。

権平が〈青鳴道場〉という看板をはずして右脇に持った。そして、あらためて門に向かい、

「では、今日でこの道場を閉めるぞ。ふたりともそれでよいな」

と言った。

千草が、はい、と答えた。勘六は、権平の顔を見上げて、

「兄上、これより江戸に上り、江戸で剣術道場を開くのですね」

と言った。権平はうなずく。

「そうだ。三人で話し合ったではないか。このままでは勘六はお城に上がらねばならず、きょうだい三人が離れることになる。そうしないためには父上には申し訳ないが、この道場を閉めて江戸に出て、新たな青嶋道場を開こうとな」

千草は微笑んだ。

「そうすればずっと三人でいられるのですから、わたくしもそれがいいと思いました」

勘六は腕を組んだ。

「それはそうですが、国許を出るとなると、わたしたちの在り様も考えてみてもいいかもしれませんね」

権平は顔をしかめた。

「何だ、在り様とは。もったいぶった言い方はやめたほうがいいぞ」

勘六はあごをなでながら話を継いだ。

「いえ、簡単なことなのです。兄上と姉上は血がつながっていないのですから江戸に出たら夫婦になってはいかがですか。実は由梨様からそうしたほうがいいのではないか、とこっそり耳打ちされたのです」

千草が顔を赤らめた。

「由梨様がそんなことを」

権平はうう、とうなっただけで、何も言わない。

「そうなのです。わたしも初めはびっくりしましたが、考えてみれば由梨様がおっしゃる通りです。その方が血がつながっていないなどとよけいなことを考えないでもすむではありませんか」

「しかし、いままで兄妹であったものがいきなり夫婦になるというのは、難しいような気がするな」

権平はちらりとうかがうように千草を見つめた。千草は頬を染めてうつむいて何も言わない。

勘六は権平の無知をたしなめるように、

「そう難しく考えることはないではありませんか。もともと一緒に暮らしているのですから、何も変わりはしないではありませんか」

と言った。

権平は不思議そうに勘六を見た。

「そなた、知らんのか。夫婦となれば、今まで兄、妹ならばしなかったこともしなければならなくなるのだぞ」

勘六が首をかしげた。

「そんなことがあるのですか」

「あるのだ」

権平が声を大きくして言うと、千草がきっとなって見据えて、

「兄上、さようなことは大声で話すことではありません。それにたった今、決めなくてもいいことではありませんか。江戸までの道中は長いのです。それまでにおいおい決めればいいのです」

と詰め寄った。千草が怒ったように言うのに、権平もうなずいた。

「そうだ、おいおいでいいのだ」

どこか嬉しげな声だった。

勘六も首をかしげたまま、

「では、おいおいということで」

と話をまとめた。すると、千草は急に元気を取り戻して、

「それから、わたし、江戸に着いたらお願いがございます」

と言った。

「なんだ。また、道場破りをするのか」

警戒するように権平が言うと、千草は頭を振った。

「いいえ、道場の看板ですが、仮名で〈あおなり道場〉と書いたらどうかと思うのです。だって、これまで〈あおなり〉と仇名されてきた兄上が江戸で堂々と道場を開かれるのですから」

千草の言葉を権平は感心した顔で聞いた。

「そうか、わたしたち三人はまだまだ未熟で青いが江戸で何かになろうとするのだからな。〈あおなり道場〉がいいかもしれぬ」

権平と千草が笑いながら見つめあうのを見て勘六はまた首をかしげた。

「たしかに、仮名のあおなりでもいいかもしれませんが、わたしの考えでは――」

勘六が言いかけた時には権平と千草は踵を返して歩き始めていた。

「兄上、姉上、お待ちください」

勘六はあわててふたりの後を追った。

抜けるような青空の日だった。

本書は「小説推理」二〇一五年一一月号〜二〇一六年六月号にかけて
連載された同名作品に、加筆、修正を加えたものです。

葉室麟●はむろ　りん

1951年北九州市小倉生まれ。西南学院大学卒業後、地方紙記者などを経て、2005年『乾山晩愁』で第29回歴史文学賞を受賞しデビュー。07年『銀漢の賦』で第14回松本清張賞、12年『蜩ノ記』で第146回直木賞を受賞する。『川あかり』『螢草』『峠しぐれ』『秋霜』『津軽双花』『孤篷のひと』など著書多数。

あおなり道場始末《どうじょうしまつ》

2016年11月20日　第1刷発行

著　者—— 葉室麟《はむろりん》

発行者—— 稲垣 潔

発行所—— 株式会社双葉社

郵便番号162-8540　東京都新宿区東五軒町3-28
電話03(5261)4818〔営業〕
　　03(5261)4831〔編集〕
http://www.futabasha.co.jp
（双葉社の書籍・コミック・ムックが買えます）

CTP製版——株式会社ビーワークス

印刷所—— 大日本印刷株式会社

製本所—— 株式会社若林製本工場

カバー印刷—— 株式会社大熊整美堂

ISBN978-4-575-23996-6 C0093

峠しぐれ

葉室麟

岡野藩領内で隣国との境にある峠の茶店。小柄で寡黙な半平という亭主と、「峠の弁天様」と旅人に親しまれる志乃という女房が十年ほど前から老夫婦より引き継ぎ、慎ましく暮らしていた。ところが、ある年の夏、半平と志乃を討つために隣国の結城藩から屈強な七人組の侍が訪ねてきた。ふたりの過去に何があったのか。なぜ斬られなければならないのか。話は十五年前の夏に遡る——。

四六判上製　本体価一六〇〇円＋税

川あかり

葉室麟

川止めで途方に暮れている若侍、伊東七十郎。藩で一番の臆病者と言われる彼が命じられたのは、派閥争いの渦中にある家老の暗殺。家老が江戸から国に入る前を討つ。相手はすでに対岸まで来ているはずだ。木賃宿に逗留し川明けを待つ間、相部屋となったのは一癖も二癖もある連中ばかりで油断がならない。さらには降って湧いたような災難までつづき、気弱な七十郎の心は千々に乱れる。そして、その時がやってきた——。

残り者

朝井まかて

時は幕末、徳川家に江戸城の明け渡しが命じられる。官軍の襲来を恐れ、女中たちが我先にと脱出を試みるなか、大奥にとどまった「残り者」がいた。彼女らはなにを目論んでいるのか。それぞれ胸のうちを明かした五人が起こした思いがけない行動とは——!?

四六判上製　本体価一五〇〇円＋税